2024

신춘문예 당선시집

문학
마을

2024 신춘문예 당선시집

시 : 맹재범 엄지인 박동주 한백양 강지수
강지수 김해인 이실비 한백양 추성은 김유수

시조 : 강성재 조우리

시작(始作)하는 기쁨,
시작(詩作)하는 마음

　해를 거듭날수록 문학에는 '위기'라는 말이 필연적 수식처럼 붙는다. 돌이켜보면 어느 시대에나 문학은 위기이거나 위기이기를 자처해왔다. 위기를 자처하는 쪽은 시대의 조류에 떠밀려 사양되는 쪽에 비하면 형편이 낫다고도 볼 수 있겠다. 그러나, 어느 쪽에서든 문학이 고단한 일임은 부정할 수 없다. 그럼에도 어느 때나 위기에 제 몸을 던지는 이들은 있다. 해넘이 때마다 그들의 소망은 단 하나였을 것이다. 그리고 기어이 그 소망을 이루고야만 이들이 있다. 누군가는 등단 이후의 고단함을 더 염려하기도 하지만, 그런 난항이야 문학이라는 고독의 우물에 스스로 온몸을 들이미는 결단에 비하면 지극히 소소할 따름이다. 되레 신춘문예로 첫발을 떼는 일은 도래할 숱한 새해의 아침을 제 것인 양 맞게 될 확실한 담보를 쥔 셈이기도 하다. '그날'의 환희가 새것처럼 내 것처럼 다시금 돌이켜지기 때문이다.

　이제 이름 앞에 '시인'이라는 그 특별한 직함을 달게 된 2024 신춘문예 시·시조 당선자들에게 '시작-하는' 마음을 잊지 않기를 당부한다. 활활 타는 위기의 한 가운데로 제

몸을 던진 이들의 시작의 자세는 그야말로, '온몸으로 밀고 나가는' 것으로 말할 만하다. 그런 온몸의 이행이 시에 대한 사랑이며, 그것이 바로 시의 형식이라는 한 시인의 말은 시작의 길에 잊지 말아야 할 태도일 것이다.

이제 여러분은 시인으로 태어났다. 그간의 이름을 지우고 시인으로서 다시 났다. 그 길의 처음일 이 책은 단 한 번의 경험일 테지만, 그 순간을 가장 오래 머금는 이는 늘 시작하는 마음으로 자신을, 자신의 시를 넘어서리라. 이 책은, 바로 그런 순간을 영원으로 변전시킬 증거이자 증명으로서 당선자에게, 당선을 꿈꾸는 자들에게 더없이 은근한 빛으로 내밀어질 테다.

모두 시작의 길에 들어선 것을 축하드린다. 이 시작을 온몸으로 기뻐하시길!

도서출판 문학마을 기획위원 일동

2024 신춘문예 당선시집 차례

시조

2024
신춘문예
당선시집

시

여기 있다

맹재범

1978년 서울 출생
경희대학교 국어국문학과 졸업
2024년 『경향신문 신춘문예』 시 부문 당선

mingary@naver.com

여기 있다

접시와 접시 사이에 있다
식사와 잔반 사이에 있다
뒤꿈치와 바닥사이에도 있는

나는 투명인간이다

앞치마와 고무장갑이 허공에서 움직이고
접시가 차곡차곡 쌓인다
물기를 털고 앞치마를 벗어두면 나는 사라진다
앞치마만 의자에 기대앉는다

나는 팔도 다리도 사라지고 빗방울처럼 볼록해진다
빗방울이 교회 첨탑을 지나는 순간 십자가가 커다랗게
부풀어 올랐다 쪼그라든다
오늘 당신의 잔고가 두둑해 보인다면 그 사이에 내가 있
었다는 것, 착각이다
착각이 나를 지운다

빗방울이 바닥에 부딪혀 거리의 색을 바꿔놓을 때까지

사람들은 비가 오는지도 모른다

　사무실 창문 밖 거리는 푸르고 흰 얼굴의 사람들은 푸르름과 잘 어울린다 불을 끄면 사라질지도 모르면서

　오늘 유난히 창밖이 투명한 것 같아

　커다란 고층빌딩 유리창에 맺혀 있다가 흘러내리는 물방울이 있었다

　나는 도마였고 지게차였고 택배상자였다
　투명해서 무엇이든 될 수 있지만 무엇이 없다면 아무 것도 될 수 없다

　밖으로 내몰린 투명인간들이
　어디에나 있다 사람들은 분주히 주변을 지나친다
　나를 통과하다 넘어져 뒤를 돌아보곤 다시 일어서는 사람도 있었다
　너무 투명해서 당신의 눈빛을 되돌려 줄 수 없지만

덜컥 적시며 쏟아지는 것이 있다

간판과 자동차와 책상과 당신의 어깨까지
모든 것을 적실만큼

나는 여전히 여기에 있다

일요일

항아리는 검다
어둠이 항아리는 아니다
항아리 안에 들어가 볼 수는 있다
항아리 속에서 어둠을 꺼내 오래 끓일 수도 있다

싸락눈이 뚜껑 위로 쌓이면
눈 오는 일요일이 온다
교각 위를 달리는 기차 뒤로 잠시 눈발이 흩어졌다
나는 몸을 둥글게 말고 지나가는 기차를 쳐다본다

일요일에는 모두들 한 발씩 물러나 있다
열차는 조금 늦게 도착하고
마중 온 사람도 아직 오지 않았다
눈이 내리다 잠깐 멈칫하고 아이들이 저녁을 먹으러 간
후에
다시 내리기 시작했다

항아리는 옥상 위에 있고 눈은 항아리 위에 있고
아직 다 내리지 못한 구름이 눈 위에 있다

일요일에는 모두 다 하얗다

항아리와 어둠에 대해 이야기하다 갑자기 눈이 내렸다
어둠은 항아리 속에서 지글지글 잘 익고 있다

그림자 바꾸기

화물차가 내려놓은 건어물 상자를 보며 바다가 마르고 있다고 생각한다 건너편 창문에는 늘 빨래가 널려있어 시선은 바짓가랑이나 헤진 소매에 걸리고 어느 날엔 그 집이 빨래가 되어 나는 또 말라가는 것만 본다

몇 백 년 전의 미라가 발견됐다는데 아무리 뒤집어 봐도 바짝 마른 소녀가, 소녀도 아닌 마른

잎들이 일제히 바스락거리는 길 위로 소녀들이 떼 지어 걸어간다 바스러진 잎들이 통 속에 갇힌다 시간이 그러하듯이

비유를 믿다가 너를 밟아버렸다

불타는 나무가 책 속에서 말라간다 슬픔도 분노도 모두 검은 색이다 다행히 우리의 죄도 기록된다면 그것이 보편적이었으면 좋겠다고 말하는

너는 눈물이 마른 후에 마주치는 창백한 얼굴 같다 돌

아선 연인의 그림자는 모두 검다 통째로 가져다놔도 알 수
없는 너를 만져도 될까 너는 내가 끌어안은 너를 버려두고
사라진다 내가 아는 한 죽은 사람이 산 사람보다 많다 건들
면 속까지 바스러져

나는 내 검은자가 내내 불편하다

오래 걸리더라도 기어이…
'일용할 양식'이 되는 그날까지

  사골을 찬물에 담가 핏물을 뺍니다. 팔팔 끓는 물에 사골을 담그면 아직 빠져나오지 못한 불순물들이 올라옵니다. 밑이 넓은 국자로 기름과 불순물들을 건져내며 오래오래 육수를 우려냅니다. 뽀얀 육수가 올라올 때까지 불 앞에 오래 머무릅니다.

  제가 그 과정 어디에 있는지 궁금합니다. 아직 차가운 물속에 가라앉아 있는지도 모르겠습니다. 그러나 오래 걸리더라도 기어이 따뜻한 한 끼가 되려 합니다. 새벽과 저녁이 익숙한 모든 사람이 제 은인입니다.

  내 안에는 미안함과 부끄러움이 너무 많아서 고맙다는 말을 꺼내기가 쉽지 않습니다.

  이름을 부르기도 미안한 친구들과 선생님, 아버님, 어머님, 가족들 너무 많은 고마움을 떼어먹으며 버텨온 것 같습니다.

나의 사랑하는 사람 영희, 우리가 늘 하는 농담처럼 꼭 갚아줄게!

엄마, 엄마 아들로 태어난 게 무엇보다 큰 행운이었음을 말하고 싶어.

너무 뛰어난 사람은 하늘이 먼저 데려간다는데, 천국의 제일 목 좋은 자리에서 길게 늘어선 손님들을 맞이하고 있을 아빠, 아빠 옆에는 충무떡볶이 할머니랑 인제약국 아저씨랑 홍어아저씨랑 이모랑 큰아버지랑 대웅이랑 다 있겠지요? 늘 아빠 산소 앞에 가서 서글퍼하다만 와서 죄송해요. 이번엔 아빠 산소에 예쁜 꽃이랑 좋은 술 사갈 수 있을 것 같아요.

부끄러움 말곤 자랑할 게 없는 저에게 기회를 주신 심사위원 선생님들께도 감사의 마음 전합니다.

밖으로 내몰린 존재가
여전히 있다는 믿음이 '여기 있다'

　온 세상이 흰 눈으로 뒤덮인 세밑을 지나며 지난 한 해를 가만히 돌아본다. 유독 버겁고 힘겨웠던 한 해였음을 신춘문예 시 응모작들을 읽으면서도 실감할 수 있었다.

　기후위기와 포스트휴먼의 감각을 드러내는 시는 작년에 이어 여전히 강세를 보였지만 눈에 띄는 새로운 경향으로는 삶의 고단함을 드러내는 시들이 많아졌음을 언급해야겠다. 전세사기나 택배 노동, 청년 문제 등을 다룬 시의 출현은 현실의 고단함이 여전히 시의 동력이 되고 있음을 보여준다. 시를 읽고 쓰는 시간이 출구 없는 막막한 일상을 견디는 데 작은 버팀목이나마 될 수 있기를 바라는 마음으로 응모작들을 읽었다.

　응모작들 중 눈에 띄는 네 명의 작품을 두고 오랜 토론이 이어졌다. 논의의 장에 올라온 시들은 '해파리와 사랑' 외 4편, '수목' 외 4편, '서빈백사' 외 4편, '여기 있다' 외 4편이었다. 각자의 시적 개성이 뚜렷하고 장점이 분명한 시들이었다. 머지않아 이분들의 시를 지면에서 반갑게 만날 수 있으리라 기대해본다. '해파리와 사랑' 외 4편은 목소리의 색깔과 태도가 분명한 점이 매력적이었다. 개성적인 목소리라는 점에서 매혹적인 면이 있었으나 응모작들의 결이 유사한 점은 다소 아쉬웠다. '수목' 외 4편은 마지막까지 거론된 응모작들 중 젊은 감각으로 현실을 포착하고 있다는 점에서 눈에 띄었다. 상실의 경험과 애도의 감각을 그린 '수목'과 현실에 대한 날카로운 문제의식을 보여준 '도시의 두 블록을 태연히 돌아 나왔다' 두 편 모두 인상 깊었다. '서빈백사'는 단번에 눈길을 사로잡을 만큼 아름다운 시였다. 마지막 선택의 순간까지 고심을 거듭했다. 긴장을 느슨하게 만드는 마지막 두 연이 없었다면 운명이 바뀌었을지도 모르겠다. 응모작들 간에 편차가 있는 점도 우리를 망설이게 했다. 세 분의 시는 당장 지면에 발표되어도 손색이 없는 좋은 시들이었다. 실망하지 말고 정진해서 조만간 지면에서 꼭 만날 수 있기를 바란다.

당선작으로 최종 선택된 '여기 있다'는 투명인간이라는 익숙한 소재를 생활의 감각으로 어떻게 변용해 시적인 순간을 발명할 수 있는지 잘 보여주는 수작이다. 사라짐을 노래한 시는 많았지만, 당선작은 "도마였고 지게차였고 택배 상자였"던 "나는 투명인간"이라는 선언을 통해 "밖으로 내몰린 투명인간들이/ 어디에나 있"고 "나는 여전히 여기에 있"음을 담담히 보여주었다. 이 시의 고요한 단단함을 심사위원들은 믿어보기로 했다. "덜컥 적시며 쏟아지는 것"처럼 시도 그렇게 "여기에 있"음을 믿어보고 싶게 하는 시였다. 함께 보내온 응모작들 중 '물사람'과 '일요일'도 우리의 눈길을 사로잡았다. 응모작들이 고른 완성도를 지니고 있어서 오래 시를 써온 사람의 내공이 느껴졌다. 새로운 시인의 출발을 함께 기뻐하며, 시를 읽고 쓰는 고통의 시간에 차오르는 즐거움을 전해준 응모자들에게도 지지와 응원의 마음을 건넨다.

심사위원_송경동·진은영·이경수·황인숙

파랑

엄지인

1969년 전남 광주 출생
전남대학교 교육학과 졸업
생오지 문예창작대학 수료
2024년 『광주일보 신춘문예』 시 부문 당선

duri6869@naver.com

파랑

잔디를 깎습니다
마당은 풀 냄새로 비릿합니다

잔디가 흘린 피와 눈물이라는 생각

우린 서로 피의 색깔이 달라
참 다행이지 혈통이 아주 먼 사이라서

머리카락을 자르고 잘린 끝을 만져보는데 아프지 않습
니다
심장과는 아주 먼 거리일까요
손 뼘으로 잴 수 있지만
누군가는 머리에서 심장까지 전력을 다해 뜁니다

머리카락 입장에선 불행일지 모른다는 생각

골목 밖에선 길냥이의 울음소리가 날카롭습니다
고양이는 사람에게만 소리 내 운다고 하는데
축축한 여기 그냥 좀 내버려두라고

배가 헐렁한 동물에게 보내는 우호적인 경고라는 생각

다치지 않게 손톱 칼로 조심히 군살을 깎지만
소스라칩니다

가장자리에서 바깥으로 밀리지 않으려는 비명

TV에서는 기상 캐스터의 주의보가 쾌속으로 지나갑니다
암거북들이 짝을 잃고
더운 바다를 피해 육지로 돌진합니다

거울에 목을 비춰보니
빗물이 빗장뼈 안으로 고여 흘러넘칩니다

쇄빙선이 얼음을 부수고 지나간 듯
물살이 온통 파랗습니다

원룸

　자두가 집에 놀러 왔는데 침대가 하나

　우리는 최선을 다하는 삶을 피해 침대 위에서 뒹굴었다
　오랜만에 눈치 보지 않고 키득거릴 수 있었다

　재미없는 세상은 더는 위로가 되지 않아

　자두는 새빨간 얼굴로 자주 투덜거렸다
　그래도 단단하고 자주 예뻤다 시끄럽고 자주 귀찮고, 핀
잔하면 자주 울었다

　함께 자는 동안 자두처럼 나도 손끝이 물큰해졌다

　내가 가진 침대를 권했다
　최악을 피할 수 있는 밤을 위해 최선을 다해
　지두는 사양하더니 제멋대로 굴러떨어졌다

　침대에서 떨어지는 기분을 알아?
　자두가 저 아래에서 올려다보며 물었다

기분을 생각해 본 지 너무 오래되었다고 대답하려다
침대가 빨갛게 물드는 걱정을 하느라
대답할 시간을 놓쳐 버렸다

어떤 이유가 싱그러운 자두를 설득할 수 있을까

어디까지 왔니?
나는 좀 더 이를 갈고 잠꼬대를 해야 직성이 풀리겠어
자두가 방긋 올려다보며 대답했다

생각지도 못한 방법으로
자두는 오늘 더 붉은 핏방울을 맺는 중

침대 아래에서도 더 아래로 떨어지지만
다음과 이다음을 위해서
으깨지지는 않을 거라고

부딪힌 붉은 어깨를 들썩거렸다

무해한 생활

산양이 암벽을 향해 걸어간다
조심해! 라고 외치려다
아주 오랜만에 마스크를 벗고 숨을 들이마셨다

산양이 물었다
숨이 쉬어지지 않을 만큼 두려웠냐고

우리는 초면이었다
포유류라는 사실을 잊은 채
우리는 관계를 어디까지 지속할 수 있을까
뭐, 간헐적 응원도 응원이니까

이리 와 해치지 않을게
손바닥을 펼치며 유혹할 만한 먹이를 내밀었다
경계하는 것들은 귀엽지 않더라
이런 말들이 여기저기 흘러나오고
유인에 성공해서 찍은 사진을 서로 보여주었다

초원은 풍요로워 끝을 가늠할 수 없었다

사람들은 도망가는 이유를 모르겠다고 산양을 원망했다

종일 배를 채우고
석양이 지면 그 자리에 풀썩 무릎을 꿇는다
다리가 풀 이슬에 다 젖을 때까지

평화는 멀리서 보면 애벌레 같다
실족하지 않으려고 액자 안으로 안으로 꿈틀거린다

잠든 새벽녘
컨베이어 벨트처럼
양들이 줄지어 어디론가 끌려가는 것을 들키지 않았다면
조금 더 악착같이 상상할 수 있었을 텐데

높고 험한 곳으로 오르기 위해서는
들이받을 각자의 뿔이 필요했는지 모른다

무리에서 도망한 산양은 산꼭대기에서 외쳤다
나는 알파카의 속눈썹이 아니고

삼봉 낙타의 등이 아니고
코알라의 오드아이가 아니고

부드러운 육질 따위 알 바 아니라고

초유를 갓 뗀 산양은
두 개의 계절로는 들이받을 수 없다
계절을 통과할 때마다 머리털은 거칠게 자라 두 눈을 덮었다

더는 잘라줄 수 없구나

모양을 정하지 않은 구름아
산양을 부탁해
바위 이끼야
나무 열매야
철쭉과 향긋한 진달래야

그런데 약초 풀들아
너희는 또 무슨 잘못이 있을까

"시 쓰기란 무정형의 이미지를 설득해 생기를 찾아가는 기쁨"

무정형의 시를 오래 쥐고 있었습니다. 시는 슬라임 같아 모양 만들기가 쉽지 않습니다. 사이로 흘러내리고 추슬러도 빠져나갑니다. 손가락에 걸리는 몇을 들고 시라고 우긴 적도 있었습니다. 너무 단단하거나 너무 물렁하지 않은지 늘 묻고 의심했습니다.

어느 해에는 삶이 충만해서, 어느 해에는 삶이 버거워서 뒤로 밀쳐 두기도 했습니다. 하지만 바람 잦아지면 이내 시집을 펼쳐 읽으며, 시인의 뜨겁고 내밀한 시선에 감탄했습니다. 최종심에서 몇 번 탈락했기에 간절히 소식을 기다리던 중 기자님의 당선 전화를 받았습니다. 되었나요? 되었습니다. 너무 기쁜 순간에는 장면은 살아 있지만 대사는 아득히 사라지는 경험도 하게 되었습니다.

시는 한 번도 친절한 적 없었습니다. 대부분 창백한 단어와 문장인 채 꼼짝하지 않습니다. 개성을 믿어주고 응원해 주는 문우가 없었다면 무정형의 이미지를 설득하여 조금씩 생기를 찾아가는 기쁨을 발견하지 못했을 것입니다.

부족한 글에 기회를 열어주신 광주일보와 손택수 시인님께 무한한 감사를 드립니다. 꿈은 꾸는 것인 줄만 알았는데 이루는 것이라고 알려주셨네요. 박순원 교수님, 김성철 교수님 감사합니다. 두 분을 만나 시 문을 열게 된 것은 무엇보다 큰 행운이었습니다. 고단한 시 창작에 재미를 더해 주신 치치시시 문우님들 감사합니다. 고 이유정 선생님 몸소 보여주신 시 사랑 잊지 않겠습니다. 생오지 문예창작촌과 봄날의 시 회원님에게도 감사와 응원을 전합니다. 광용, 지산, 채원, 부르면 먹먹해지는 이름 뒤에 무슨 말을 더할까요? 사랑한다는 말 밖에. 마지막으로 아버지, 시인의 꿈을 제가 대신 이루었네요. 세상을 바라보며 비추어 나를 알아가는 시를 쓰겠습니다.

"기후변화시대의 명상 감각적으로 보여줘"

시를 이해해야 한다는 강박이 있다. 오랫동안 뜻과 주제와 내용 파악으로 시를 수용한 결과다. 시는 이해 너머 사랑의 영토다.

소리와 이미지, 독특한 어조, 명명할 수 없는 고유한 분위기들이 시의 건축학적 자재에 스며드는 사랑의 요소다. 풍화마저 건축의 일부이듯이 시의 건축에 있어 건축 너머의 천변만화하는 흐름을 놓치지 않을 때 이미 굳어진 기존의 이해는 새롭게 구축되고 우리의 일상 또한 새뜻해진다.

이해할 것인가, 사랑할 것인가. 너무 반듯하고 투명하게 닦인 창을 통해 바라본 풍경이 쉬 잊히듯이 빠른 이해는 빠른 망각을 부르고 사유의 자동화로부터 자유롭지 못하다.

이해의 소비 시스템을 벗어난 시들은 대체로 창에 낀 먼지와 빗물이 흘러내린 자국 같은 불투명을 거절하지 않는다. 물론 이 불투명은 방법적인 것으로서 '쉬운 시'나 '난해시'의 이분법을 훌쩍 뛰어넘는 명징한 의식으로부터 오는 것이다. 이 같은 관점에서 예심을 통과한 작품들 가운데 '꼼꼼 수선집'과 '지구의 밤', '파랑'이 최종 심사작이 되었다.

어떤 작품을 택하든 당선작으로 손색이 없었으나 '파랑'의 경우 인간과 비인간의 경계를 활달하게 가로지르며 기후변화시대의 명상을 '손톱 칼로 조심히 군살을 깎는' 감각적 방식으로 보여주고 있다는 점에서 특히 미더웠다. 동봉한 작품들의 여일한 수준 또한 기대를 갖게 하였다.

세계의 그늘과 존재의 그늘이 예각화된 언어의 그늘과 만날 때 단순한 구별짓기로서의 개성이 아니라 기존 질서의 소비를 성찰하는 사랑의 참신한 사태가 될 수 있음을 앞으로 꾸준히 증명해주기 바란다. 당선을 축하한다.

심사위원_손택수 시인

상현달을 정독해 주세요

박동주

1962년 경기 이천 출생
연세대학교 불문과 졸업
서초반포구립도서관 시창작반 활동
2024년 『농민신문 신춘문예』 시 부문 당선

tori6204@naver.com

상현달을 정독해 주세요

햅쌀을 대야에 가득 담아요
차고 푸른 물을 넘치도록 부으면
햅쌀은 물에서 부족한 잠을 채워요
쌀눈까지 하얗게 불었을 때
당신을 향한 마음이 몸을 풀어요

상현달처럼 차오르는
마음을 알아차렸다면 속삭여 주세요

도톰한 떡살에 소를 넣어요
당신을 향한 비문은 골라내고
꽃물결 이는 구절만 버무려 소를 만들어요
당신 생각으로 먹먹해지는 마음이
색색의 반달로 차오르도록
한밤중이 되었을 때
서쪽 하늘을 골똘히 보아 주세요

반죽을 작게 떼어 양 손바닥 사이에 넣고
가을볕이 등을 쓰다듬듯 잔잔히 궁글려요

이야기를 담은 소를 가운데 넣어
가을 한나절을 빚은 색색의 상현달들
떡살에 별자리가 뜨기도 해요
비껴간 당신을 향해
밤하늘 높이 상현달을 띄워요

이야기가 스며든 여러 빛깔의 편지지
하얀 송편에는 첫 마음을 써요
어떤 송편에는 첫 눈이 내리고
첫 발자국 첫 속삭임이 들어 있어요

미나리

뱀이 기어간다
물가에 소름이 돋는다

진흙에 길게 뿌리 내린 미나리
우물물이 미나리꽝으로 흐른다
미나리가 물살에 휘휘거리며 핏줄을 길게 늘인다

칼을 든 여자가 웃자란 미나리를 밴다
손가락으로 파고드는 칼
꽃무늬 치마에 뚝 핏방울이 떨어진다

아무래도 괜찮지 않은 여자
여자의 안으로 물이 고인다

아무래도 괜찮지 않아
흐르는 물은 뼈에 무늬를 새기고
눈으로 귀로 흘러나오는 물을 지나 여자는 흘러간다
미나리가 다리를 감아오른다
미끄러지면서 기어오르는 미나리들

아무래도 괜찮지 않은 문이 열리고

미나리 칼국수가 먹고 싶어
얇아지다 툭, 툭 끊어지는 한 줄,
말 한 마디, 엄마
미나리가 냄비에 들어갈 때
오래 전에 고였다 흩어지는 입김

검고 질기게 여자의 손목을 휘감는다

빨강이 달린다

롤러는 빨강 페인트를 뒤집어쓰고 달린다
붉은 맨드라미들이 한꺼번에 몸서리치듯
가파른 지붕을 오르내리는 롤러
강판과 강판 사이 그의 숨결이 지나갈 때마다
회색에 스며들어 끝없이 태어나는 빨강 꽃 이파리들

빨강은 달린다
빨강은 핀다, 지붕에서
공중까지
햇볕을 껴안고
와글거린다

공중에도 길은 있어
수천 번의 발자국으로 길을 찾는다
손에서 미끄러진 롤러가 지붕 끝까지 굴러가기도 한다
그는 외줄 위를 한 발 한 발 타며 나아가듯이
지붕이 연 길을 밟는다
골진 곳은 작은 붓으로 오래 다독인다
칠하고 덧칠하고 몇 번을 굴리며 고운 결을 찾는다

롤러는 굴러가 낡은 것들을 끌어안는다

한낮 내내 그의 몸을 굴러다니던 태양이 지고 있다
공중 끝에는 그리운 곳으로 난 용마루가 있어
그는 롤러로 서녘 하늘까지 구석구석 물들인다
백양나무에 드리운 긴 그늘이 붉다

페인트 통에 롤러가 풍덩 빠진다
사방으로 튀어 오른 꽃들
드넓어진 꽃길
페인트공은 달아오른 꽃밭 속으로 들어간다

가슴 따뜻한 말들을 엮어
시를 쓰고파

당선 전화를 받는 순간 명치를 얻어맞은 것처럼 멍했습니다. 그동안 반짝거리며 다가왔던 시들이 부옇게 지워졌습니다. 멀고 먼 길을 돌아왔습니다. 그러나 슬픔의 정수리에서도 시는 늘 든든하게 저를 위로해 주었습니다. 마음이 까무룩해져 길을 갈 수 없을 때면 어김없이 시는 저의 손을 꼭 잡아 주었습니다. 사랑하는 사람을 잃었을 때에도, 사람과 사람 사이에 섬처럼 살아갈 때에도, 시는 늘 곁에 있었습니다. 시를 생각하면 가슴이 따뜻해집니다. 저의 시도 누군가의 가슴을 따뜻하게 할 수 있으면 좋겠습니다.

대학교 1학년 때 연세문학회 활동을 하다가 시인으로 사는 것이 자신 없어 한참 동안 시를 외면했습니다. 그리워하면서 멀리했습니다. 이제 주저하는 마음은 버리렵니다. 모래 알갱이처럼 많은 말들 중에 섬과 섬을 이어주는 따뜻한 말들을 엮어 시를 쓰렵니다.

한 동안 시의 독자로만 있던 저는 동작문학반의 맹문재 선생님을 만나면서 다시 시를 쓰게 되었습니다. 오랜 시간 시를 찾아가는 길은 짙은 안갯길 같았습니다. 길이 보이지 않아 더 외로운 여정에 여러 선생님들의 도움을 받았습니다. 시의 초석을 놓아 주신 맹문재 선생님 고맙습니다. 시의 환경을 열어주신 하재연 선생님, 시클 창작반의 하린 선생님 고맙습니다. 선생님들 덕분에 시를 찾아가는 길이 외롭지 않았습니다.

나의 문우 나비족과 나비족장 박지웅 선생님, 평생 시의 길을 갈 수 있도록 격려로 이끌어 주시고, 깊고 넓은 삶을 들여다볼 수 있게 해 주셔서 감사합니다. 부족한 저를 맨 앞자리에 놓아 주신 장석주, 안도현 심사위원님들께 깊이 감사드립니다. 부단히 정진하겠습니다.

언제나 저를 응원해주는 남편 창헌, 사랑하는 두 딸 미선, 영선, 사위 재광, 친정 엄마 그리고 이 모든 기쁨을 허락하신 하나님께 감사드립니다. 사랑하는 동생들 미자, 병준, 은정, 병근 고맙다.

서정시 기본형에 매우 충실한 작품…
미적 완결성 갖춰

　본심에 오른 작품들은 전통적인 서정에 충실한 시가 많았다. 화자가 어떤 대상을 만나면서 세계와의 내밀한 동일성을 꿈꾸는 시, 뿌듯하고 긍정적인 메시지로 마무리되는 결말…. 대부분 은유적인 기법에 기대어 잘 빚은 항아리처럼 고만고만한 체형을 갖고 있는 시들이 그렇다. 응모자들이 '농민신문'이라는 신문사의 이름을 지나치게 의식한 탓일까. 우리는 해마다 오는 신춘이 아니라 이제껏 한번도 와보지 못한 놀라운 신춘을 기다리고 있다는 점을 알아줬으면 좋겠다.

　마지막까지 유심히 읽은 작품 중에 '허물'은 충분히 공감이 가지만 채 정리가 되지 못했고, '용접공'은 현실감이 살아 있지만 소품이었고, '간헐천'은 능숙한 솜씨에 비해 자기 갱신의 의지가 약해 보였다.

　'도배사' 외 4편을 쓴 분은 시에서 감각이 발생하는 지점을 잘 간파하고 있는 사람이다. 일상을 화사하게 형상화하는 솜씨가 뛰어나지만 매번 적당한 선에서 타협점을 찾아 멈추고 만다. 더 자신 있게 세상과 '맞짱'을 떠도 좋을 것이다. '돌무덤' 외 5편은 이미지의 충돌에 의한 유장한 서사의 전개가 볼 만했다. 하지만 자신이 발견한 시적인 것의 절정에 다다르지 못하고 있다. 응모한 시의 길이와 연의 형태가 모두 비슷한데, 고정된 틀을 부숴야 한다.

당선작으로 고른 '상현달을 정독해 주세요'는 서정시의 기본형에 매우 충실한 시인데, 당신이라는 대상과의 거리 조정으로 미적 완결성을 갖췄다고 판단했다. 함께 응모한 시편 중 '미나리'도 수작이다. 당선을 축하드린다.

심사위원_장석주·안도현 시인

■ 동아일보 | 시

왼편

한백양

1986년 전남 여수 출생
동국대학교 국어국문학과 졸업
2024년 『동아일보 신춘문예』 시 부문 당선

freud-sigmund@hanmail.net

왼편

집의 왼편에는 오래된 빌라가 있다
오랫동안 빌라를 떠나지 못한
가족들이 한 번씩 크게 싸우곤 한다

너는 왜 그래, 나는 그래, 오가는
말의 흔들림이 현관에 쌓일 때마다
나는 불면증을 지형적인 질병으로
그 가족들을 왼손처럼 서투른 것으로

그러나 아직 희망은 있다

집의 왼편에 있는 모든 빌라가
늙은 새처럼 지지배배 떠들면서도
일제히 내 왼쪽 빌라의 편이 되는
어떤 날과 어떤 밤이 많다는 것

내 편은 어디서 뭘 하고 있을까
아직 잠들어 있을 내 편을 생각한다
같은 무게의 불면증을 짊어진 그가

내 가족이고 가끔 소고기를 사준다면
나는 그가 보여준 노력의 편이 되겠지

그러나 왼편에는 오래된 빌라가 있고
오른편에는 오래된 미래가 있으므로
나는 한 번씩 그렇지, 하면서 끄덕인다

부서진 화분에 테이프를 발라두었다고
다시 한 번 싸우는 사람들로부터
따뜻하고 뭉그러진 바람이 밀려든다
밥을 종종 주었던 길고양이가 가끔
빌라에서 밥을 얻어먹는 건 다행이다

고양이도 알고 있는 것이다
제 편이 되어줄 사람들은 싸운 후에도
편이 되어주는 걸 멈추지 않는다

브라우닝browning

개를 끌고 산책할 때

머릿속에선 모래시계가 뒤집어진다 모퉁이를 돌면 한 톨, 생크림 케이크가 맛있는 카페에서 한 톨, 모래가 떨어질 때마다 개가 달린 줄은 팽팽해진다 나는 기이할 정도로 끌려 다닌다 우리가 가본 곳을 너는 모두 기억하고 있구나, 줄이 가로수에 걸려 휘어지고, 관절이 꺾인 햇빛이 개와 나 사이에서 앓고 있다 실은 도사리고 있다고 해야 하지만, 개는 도사린 물체들을 절대로 지나치지 않기 때문에

산책이 끝나도
돌아가는 길이 남아있다

개는 자욱한 사람들을 헤집다가 사랑받거나 두려워지곤한다 그래야 해, 혹은 그러면 안 돼, 다그치는 내가 달린 줄을 연신 잡아당기는

나보다 나를 더 잘 알고 있는
개가 있다

웃어도 웃지 않은 거고, 운 건 정말로 운 거고

집이 황량해서 사다 놓은 화분을 개는 기어이 깨트린다
왜 그럴까, 화분 조각들을 치우다가 손을 베고, 베인 자국
을 핥는 개와 만나고, 혀의 축축함과 손의 축축함이 뒤섞인
곳으로 번지는 핏자국, 사소한 불행이 발생할 때마다 개가
앞장선다 이를 드러낸 개처럼 날씨가 흐려지고, 그럼에도
산책은 해야 한다는 것, 깨진 화분들의 예후를 마당 뒤편으
로 옮기는 일을 하긴 해야 한다는 것, 끄덕일 때마다 개가
짖는다 오늘의 산책이 전혀 다른 방향으로 이어질 거라고

여기 아닌 어딘가, 모퉁이와 막다른 길 중 무엇도 아닌

산책의 끝이 있는 곳에서도
개는 개라고 불릴 수 있을까

줄을 놓친 손처럼
생각은 여러 가지를 떠올렸다가 모두 흘려버린다

이를 테면 개의 죽음, 이를테면 그늘 아래의 미동 없는 물체

상상이 끝나면 나는 팔을 따뜻한 모피 속으로 내뻗는다 개의 숨을 붙잡곤, 천천히 속삭인다 그런 일을 상상하려고 살아가는 사람은 없어, 그런 일은 그냥 벌어지기 위해 있는 일이야, 풍선을 가지고 놀다가 풍선을 터트린 아이가 울며 돌아오는 길목을 우리는 얼마나 많이 반복했던가, 기억은 앞장 서는 버릇이 있다 기억은 아무나 물고 놓아주지 않는 버릇이 있다 때로는 사람이 개에게 많은 것들을 부탁해야 할 때

알아듣지 못할 말을
얌전히 듣고 있는 개가 있다

방금 다녀 온 산책은 희고 검었고, 미지근한 물과 으깨진 은행 냄새, 손등 가득 시퍼런 지름길을 머금었고

나는 종종 색을 잃기 때문에

갈색 개를 끌고 다닌다

예쁘군요, 쓰다듬는 모든 손을 위해 그만, 그만! 하고
소리치는

모래 한 톨이
유리로 이루어진 하루를 통과하는 중이다

집시

바람은 집의 안색을 여러 번 뒤집는다
비새는 집에서 사람이 새는 집으로
찬장을 뒤지던 손에서 얼굴을 뒤지는 손으로
바닥까지 떨어진 물방울이 부서진 후에도
나는 천장과 바닥에 고이는 걸 멈추지 않는다
현기증으로부터 뻗은 실이 창틀을 건드리고
은행나무 가지를 꺾어서 사방을 쑤시던 바람은
집안에 사람이 있다는 걸 알아차린다
어디로든 갈 생각이지만 어디도 갈 수 없는
나는 생각으로 창틀의 먼지를 긁어내는 중
벽돌을 부스러트리는 바람은 겨울 첫 번째 꿈
저체온 증의 예후처럼 생은 천천히 굳어가고
나는 좀처럼 데워지지 않는 몸을 위해
몇 벌의 옷을 집으로부터 빼앗는다
때로는 사람에게도 옷걸이는 필요하고
외면했지만 모조리 기억하고 있는 일들이
나보다 더 추울 때의 나를 빚어낸다
집에겐 잘못이 없지, 글썽이는 새끼발톱 너머
혼잣말을 모두 다 들어야 할 것처럼 쏟아낼 때

저녁 곳곳에서 피어나는 앓는 소리들

앞집 여자가 벽에 우산처럼 놓여있다

등을 쳐주면 여자가 집을 뱉어낼까봐 무섭고

더 무서운 일은 여자의 집이 내 집보다 좋다는 것

그러나 어떤 집이든 명패가 텅 비어 있으므로

바람의 집이 현관 안팎에서 요동친다

나는 나의 위험한 집이 되는 걸 기뻐하고

두렵기 때문에 앞으로도
쓰고 또 쓰며 살아갈 것이다

기쁨보다 두려움이 더 크다. 나는 늘 기대를 저버리는 편이었다. 비록 운 좋게 내가 되었지만, 한편으로는 더 좋은 시들이 있었을 것이다. 나 또한 마찬가지이다. 아꼈지만 빛을 보지 못한 시들이 있다. 심사위원분들의 날카로운 관점과 별도로 응모한 다른 분들의 모든 시 또한 귀하고 소중하다고 생각한다. 나는, 나는 다만 운이 좋았을 뿐이다. 그러니까 두렵다.

두렵기 때문에 나는 앞으로도 꾸준히 써야 할 것이다. 그다지 좋은 사람이 아니었으므로 늘 두려워하며 살 것이고, 또 스스로를 경계하며 살아갈 것이다. 감사한 모든 분들...가족과 친지들, 그리고 은사님들과 심사위원분들을 호명해야겠으나, 한편으로는 그들의 이름에 어울리지 않는 사람이 될까봐 무섭다. 그러지 않으려면 결국은 시를 써야 할 것이다. 어제 그랬던 것처럼, 오늘 그랬던 것처럼.

앞으로도 나는 시를 쓰면서 살아갈 것이다. 뭔가 좋은 일이 있어도, 나쁜 일이 있어도 마찬가지다. 시를 쓰는 일에 뭔가 의미를 부여하고 싶진 않다. 재주 없는 인간인지라 오랫동안 했던 일을 반복하는 것뿐이다. 그러다보면 지금처럼 좋은 일들이 올 수도, 또 나쁜 일이 올 수도 있겠지. 뭐 어떤가. 적어도 나는 그러려고 사는 것이다. 그러려고 쓰는 것이다. 딱 하나 욕심이 있다면 한 가지, 다시 한 번 시를 통해 독자 분들과 만나고 싶다. 그럴 수 있는 시를 쓰기 위해 앞으로도 노력할 것이다.

일상적인 장면을
사유와 이미지로 벼리는 솜씨 탁월

전반적으로 올해 신춘문예 투고 편 수가 늘었다는 말이 들린다. 최근 들어 시집 가판대가 부활하고 각급 단위에서 시를 읽고 쓰는 모임이 다시 활성화됐다고도 한다. 물론 반가운 일이다. 그러나 시 읽기를 즐기고 시를 쓰는 것에서 어떤 보람을 느끼는 것 역시 노력과 수고를 요청하는 어떤 밀도와 깊이에 기반할 때 좀 더 매혹적으로 삶을 끌어당기게 되는 것은 아닐까?

심사위원들은 이번에 본심에 올라온 작품들의 밀도가 고르지 않다는 것에 공감했다. 대표적으로 세 가지 현상을 꼽을 수 있겠다. 소소한 일상을 담담한 어조로 스케치하는 경쾌함은 있지만 부박함과 구분되지 않는 경우, 그럴듯한 분위기는 조성하고 있지만 알맹이가 없고 장황한 경우, 문장을 만들고 행과 연을 꾸미는 기술은 있지만 단 한 줄에도 시적 진술의 맛과 힘이 담기지 않은 경우들이 그것이다.

이런 난맥 가운데서도 심사위원들이 최종적으로 논의한 작품은 네 편이었다. '그 이후'의 일부 문장들은 흥미롭게 읽히지만 전체적으로 시가 유기적으로 구성됐다고 판단하기 어려웠다. '컨베이어 벨트와 개'는 일상의 고단함 속에서 언뜻 발견하는 휴지와 파국을 실감 있게 그려냈지만 전체적으로 묘사에 치중한 소품으로 보인다. 최종 경쟁작 중 하나였던 '수몰'은 삶과 죽음, 시와 현실을 읽는 솜씨가 돋보였고 이미지 구사도 견실했지만 주제를 장악하는 사유의 힘이 아쉬웠다. 심사위원들이 '왼편'을 당선작으로 결정한 것은 지극히 일상적인 장면을 사유와 이미지의 적절한 결합을 통해 문제적 현장으로 벼리어 내미는 솜씨 때문이었다. 이미지를 통해 핍진하게 전개되는 사려 깊은 성찰이 마지막 대목에서 자연스럽게 공감을 이끌어내고 있는 것도 인상적이다. 더욱이 투고된 다른 시편들도 편차가 적어 신뢰를 더한다. 당선자에게 축하와 격려의 악수를 건넨다.

심사위원_정호승 시인·조강석 문학평론가(연세대 국어국문학과 교수)

시운전

강지수

1994년 서울 출생
경희대 국제통상·금융투자학과
전 출판 편집자
2024년 『매일신문 신춘문예』 시 부문 당선

rkdwltn0909@naver.com

시운전

날 때부터 앞니를 두 개 달고 태어난 아이치고 천성이
소심하다 했습니다

— 가장 부끄러운 기억이 뭐예요?

종합병원 의사들이 한자리에 모여 발가벗고 있는 나를
내려다보았을 때요

— 그게 기억나요?

최초의 관심과 수치의 흔적이 앞니에 누렇게 기록되었
지요 나와 함께 태어난 앞니들은 백일을 버티지 못하고 삭
은 바람에 뽑혀야 했지만, 어쩐지 그놈들의 신경은 잇몸 아
래에 잠재해 있다가 언제고 튀어 올라 너 나를 뽑았지, 우
리 때문에 너는 신문에도 났는데, 하고 윽박을 지를 것 같
더란 말입니다

횡단보도를 건너다 대大자로 뻗었을 때 혹은 동명의 시
체를 발견했을 때

그럴 때에는 앞니를 떠올려보곤 하는 겁니다 천성이란
무엇인지, 왜 어떤 흔적은 흉터로서 역할하지 못하고 삭아
져버리는지

— 당신, 당신은 한 번 죽은 적 있지요
아뇨 아뇨 하고 뒤돌아 도망치다 보면
잔뜩 눌어붙은 마음에 칼질을 해대는 것

한 가지 알려줄까요
무 이파리가 시들해서 죽은 줄 알고 뽑아보면
막상 썩지는 않은 경우가 많답니다
싱싱하지 않을 뿐
살아는 있어요
매운 향을 뿜으며

가끔 손등을 깨물어요 그러면 삐죽 튀어나온 앞니 두 개
가 찍힙니다 나는 그것을 오래도록 바라보고 있어요
　내가 어딘가에 남길 수 있는 가장 분명한 자국이거든요
벌겋게 부풀어 오르는 피부까지도

저 멀리 보이는 친구를 피해 길을 돌아갈 때 혹은
다시 태어나서도 나의 이름을 제대로 발음하지 못할 때
그럴 때에는 앞니를 떠올려보곤 하는 겁니다

더 이상 내 것이 아닌 천성

나와 분리된 조각들에 대하여

그리고 그리워하는 겁니다

발가벗고도 이를 내보이며 웃었던 날

인공조명

　당신은 누군가의 등을 보고 있어.

　그 누군가는 하늘색 스트라이프 셔츠를 입었고. 누군가가 내리고 누군가들이 타. 지하철은 순리대로 움직이고 가끔 보이는 하늘은 무수하게 쪼개진 애니메이션 프레임처럼 현실과 허구 사이에 있네. 속속들이 빛나네. 그런 찬란함이 아주 잠깐이네. 그런 잠깐을 당신은 바라보았어. 다시 어둠이었지.

　흔들리는 건 무엇일까? 반쯤 감긴 당신의 눈꺼풀. 억지로 춤추듯 설렁설렁 움직이는 어깨. 어깨들.

　당신은 내려야 할 때를 아는 사람을 부러워했지. 다음역을 알리는 방송을 듣고 때가 됐다는 듯 내릴 채비를 하는 저 사람과 당신의 눈이 마주쳤어. 그쪽은 '어디에서 내리세요?'라고 묻지도 않았는데 당신은 '아직은 모릅니다'라고 거의 대답할 뻔했고. 모르는 일과 꿈꾸는 일의 공통점을 찾으며 당신은 또 한 정거장을 지나쳤어.

　돌아가는 건 무엇일까? 누군가들의 발뒤꿈치를 좇는 당

신의 눈동자. 그 뒤꿈치들이 한 번씩 엇박자를 타며 마침내 당도하는 곳. 전화를 걸면 '여보세요?'가 아니라 '어디야?' 묻는 목소리. 어깨를 부딪히는 사람에게 애써 화내지 않는 마음이 있다면.

나는 그런 당신을 수소문하고 있지. 보았다는 사람은 있었는데 당신이 어디로 향하고 있었는지는 기억하지 못하네. 그냥 가고 있었다고 하네. 시간을 새끼손가락으로 조금 떠서 맛을 봤다가 다시 뱉어버렸다고도 하네.

저 위는 이제 겨울이야. 부츠나 모자 위에 쌓인 눈을 본 적 있어? 그것은 하늘에서 내리지만 원래 땅에 있던 것들로 이루어져 있지. 그러니 당신도 조금 묻어 있는 셈이야. 언젠가는 녹아 없어져 버릴 것들이라도 당신의 눈으로 당신의 조금을 볼 수 있다면 그건 거짓이 아닐지도 몰라.

당신은 늘 종점보다 한 정거장 뒤에 있는 듯해. 영영 만질 수 없는 원의 모서리를 그리듯 당신의 실루엣을 그리고 있어. 시간을 편식하는 당신에게, 내릴 곳을 모르는 당신에게. 얇게 저며 말린 시간을 주고 싶네. 아직 깨물어도 쉽게 부서지지 않는 조명을 주고 싶네.

핸드폰 액정. 광고판. 고장 나기 직전의 형광등.
희멀건 발광 속에서 열을 맞춘 발소리가 들린다.

털북숭이 개구리° 관찰기

어떤 곳의 밤은 낮보다 밝습니다. 나무 밑동과 개울가, 달빛의 꼬리를 밟고 있는 바윗덩이의 틈새.

여기 개구리가 지나간 흔적이 있습니다. 개구리는 뛰듯 걷습니다. 개구리는 온몸으로 호흡합니다. 개구리의 가만함은 때로 요란합니다. 무슨무슨 자리의 꼬리쯤 될 듯한 별이 개구리의 정수리 위에서 반짝입니다. 보통 개구리의 피부는 미끈하지만 우리가 보는 개구리는 털북숭이입니다. 처음 보면 그 괴기한 모습에 소름이 돋을지도 모릅니다.

바스락. 저쪽에서 작은 소리가 들립니다. 개구리는 털을 바짝 세웁니다. 아닙니다. 털을 세우는 건 고양이나 하는 행동이고, 나는 지금 개구리를 멋대로 대상화하고 있습니다. 어쨌든 개구리의 털이 개구리의 의지 때문이든 밤바람 때문이든 부르르 떨립니다. 밤 산책을 나온 인간일까요? 겁에 질린 것인지 위협하는 것인지 모르겠지만 개구리가 "개굴" 하고 소리를 냅니다. 그러자 인간들이 대화를 나눕니다. "개구리 소리인가?" "맹꽁이지." 가끔 인간은 바보 같습니다. 잊지 마세요. 이 장면을 보고 있는 우리 역시 인간입니다.

개구리는 키 낮은 들풀 아래에 숨어 있습니다. 인간의

발자국 소리가 점점 가까워집니다. 그때, 개구리의 발바닥에서는 개구리에게만 느껴질 만큼 미세한 지진이 일어납니다. 오득. 오득. 발가락뼈가 두꺼운 피부를 뚫고 나옵니다. 그것은 분명한 개구리의 의지입니다. 아마도 이 개구리는 인간을 본 적 없는지도 모릅니다. 인간은 발가락뼈가 튀어나온 개구리이든 그렇지 않은 개구리이든 똑같은 무게로 짓눌러 죽일 수 있습니다. 개구리의 정수리 위는 더 이상 반짝이지 않습니다. 별 대신 그림자가 드리웁니다.

사흘이 지났습니다. 개구리는 여전히 살아 있습니다. 사흘 전과 다른 곳에서 밤을 지샙니다. 당도한 곳에서 개구리는 바닥에 등을 대고 누운 뒤 뼈가 다시 자라길 기다립니다. 욱신거리는 부위를 혀로 핥기도 합니다. 아닙니다. 아닙니다……! 어쨌든 개구리는 새로 자란 뼈로 땅을 디디며 살아가다가, 언젠가 또다시 스스로의 의지로 뼈를 부러뜨릴 것입니다.

힘을 주어 제 뼈를 부러뜨린다는 사실은 퍽 근사하고 외로워 보입니다. 따라하는 인간은 본 적 없습니다. 어떤 이는 발가락뼈 대신 이름을 부러뜨리거나 눈빛을 부러뜨림으로써 스스로를 보호한다고 들은 적이 있습니다만 뼈를 부러뜨리는 것만 못합니다.

　우리는 이만 집으로 돌아갑니다. 부러뜨린 적도 없는 발가락이 왠지 아픈 것 같다면 당신은 개구리에게 깊은 일체감을 느낀 것입니다. 아닙니다. 당신은 누군가의 먹잇감이나 사냥감이 된 적 없으므로 이는 거짓입니다. 어떤 곳의 밤은 낮보다 밝습니다. 여기 개구리가 죽은 흔적이 있습니다. 발가락뼈는 부러지기 전입니다.

°Hairy frog (학명: *Trichobatrachus robustus*) : 위기가 닥치면 자신의 발가락뼈를 부러뜨린 뒤 살갗 밖으로 튀어나온 날카로운 뼈의 단면을 무기 삼아 적을 공격하는 개구리.

세상에 없던 무언가를 만드는
시 쓰기 작업

출판 편집자로 약 3년간 일했습니다. 주로 예술서를 만들었어요. 예술 작품, 그리고 예술 작품을 다룬 이야기를 수없이 보았습니다. 그럼에도 매번 설렜습니다. 세상에 없던 무언가를 만드는 일. 만드는 사람. 나도 그런 사람이 될 수 있다면 더없이 좋겠다고, 막연하게 꿈꾸었습니다. 마침 제게는 하고 싶은, 해야 하는 이야기가 있었고 그 이야기를 시로 뱉어낼 때 가장 즐겁다는 걸 깨달았습니다. 그래서 계속 썼습니다. 쓰다 보니 운이 따랐습니다.

저의 시에서 가능성을 발견해주신 매일신문과 심사위원 분들께 감사를 드립니다.

사랑하고 존경하는 나의 엄마, 김분숙 씨. 오래도록 기쁨을 주는 딸이 되고 싶어요. 늘 고맙고 미안한 동생들 영훈 지호. 너희들이 자랑스러워. 나의 엄마를 든든히 지켜주는 아저씨, 마음 깊이 감사합니다.

저의 또 다른 어머니이자 늘 따뜻하게 안아주시는 어머

님, 그리고 아주버님. 감사드려요. 건강하세요.

　소중한 친구들아. 나의 10대와 20대가 너희들 덕분에 즐거웠다. 앞으로도 함께 엉뚱한 짓 많이 하자. 특히 지혜, 현지. 나의 기쁨을 너희들의 기쁨처럼 여겨주어서, 한꺼번에 몰아닥친 행운에 짓눌리지 않고 숨을 쉴 수 있었어.

　재희. 사랑하는 재희. 내가 아는 가장 멋진 작가. 만난 지 얼마 안 되었을 때 카뮈의 '이방인'을 읽어보라고 내게 추천해주었지. 문학과 너무 멀리 떨어져 있던 나는 그 책을 읽고 나서야 어렸을 때 방학이면 혼자 버스 타고 가던 동네 도서관의 책 냄새를 다시 떠올릴 수 있었어. 내가 글을 쓰게 된 건 모두 당신의 덕분. 우리 함께 건강하고 행복하자.

　열심히 쓰겠습니다. 무엇보다 스스로 속이지 않는 시인이 되겠습니다. 감사합니다.

이미지를 일관성 있게 밀어붙이는
힘이 거침없는 시운전

이 세계는 여전히 전쟁 중이다. 게다가 자연재해와 인재가 끊임없이 발생하고 있다. 하늘하고 인간, 인간하고 인간의 아비규환 속 고통받는 사람들의 신음소리가 끊이지 않고 있다. 투고작들 속에는 이런 인간의 모습들을 그리려는 필사의 노력들이 펼쳐진다.

중음신의 모습을 한 유령, 귀신, 고스트, 좀비 등과 유사한 다양한 형태의 변형된 인간을 창조하고 있다. 세상의 슬픔을 증언하려는 시의 지난한 몸짓이 만들어낸 결과물이자 시의 본령이다. 다만 아쉬운 것은 서사의 모호성과 현실 이후의 세계에 대한 전망(꿈) 부재가 시를 가볍게 한다는 점이다. 서정시의 퇴보와 상반된 인공지능 시대의 언어와 정서의 약진이 두드러지나 새로운 시의 전형을 창출하기까지는 도전과 시간이 얼마간 더 필요한 것으로 보인다.

예심과 본심을 통합해 심사를 진행했다. 네 명의 심사위원이 응모작들을 나누어 읽고 네댓 작품씩을 뽑아 돌려봤다. 최종까지 거론된 작품으로는 강지수의 '시운전', 유가은의 '툰드라', 이상영의 '오늘을 돌려주려고' 등이다. 이상영의 시는 어조가 발랄하고 문장이 속도감이 있으며 단문의 조합이 경쾌하다. 다만 동원된 이미지들의 분열감이 시의 응집을 방해하고 있는 점이 마음에 걸렸다. 유가은의 시는 가독성이 탁월하다. 경험을 시의 감각으로 전환하는 섬세함이 돋보인다. 하지만 비/눈, 사막/비옥한 땅, 삶/죽음의 거리 사이에 생명력을 불어넣으려는 의지를 다소 무리한 진술들이 가로막고 있다는 점이 아쉬움으로 남았다.

선자들은 강지수의 시를 당선작으로 뽑는 데 추호도 이견이 없었다. "날 때부터 앞니를 두 개 달고 태어난" 몇 천분의 일의 선천치(natal teeth) 경험을 바탕으로 삶의 여정을 톺아내는 마음이 곡진하다는 점을 높이 샀다. 사소한 사물일지라도 섬세한 시선으로 어루만지며 존재에 대한 깊은 사유로 통합해가는 시적 완성도 또한 믿음이 갔다. 선자들은 모처럼 좋은 신인을 만났다는 마음을 서로 확인했다.

심사위원_엄원태·안도현·안상학·나희덕

면접 스터디

강지수

1994년 서울 출생
경희대 국제통상·금융투자학과
전 출판 편집자
2024년 『문화일보 신춘문예』 시 부문 당선

rkdwltn0909@naver.com

면접 스터디

허리를 반으로 접고 아 소리를 내면
그게 진짜 목소리라고 한다

진짜 목소리로 말하면 신뢰와 호감을 얻을 수 있다고

그러자 방에 있던 열댓 명의 사람들이 제각기 허리를
숙인 채
아 아 아 소리를 낸다
복부에서 흘러나오는 진짜 목소리가 방 안을 채운다

이제 그 음역대로 말하는 겁니다
억지로 꾸며낸 목소리가 아닌 진짜 당신의 목소리로요

엉거주춤 허리를 편 사람들이 첫인사를 나눈다
안녕하십니까 반갑습니다 저는 대전에서 왔고……
멋쩍은 미소를 짓고 몇 번 더듬기도 하면서

말을 하다가 불쑥 허리를 접고 다시 아 아 거리는 이
도 있다

나는 구석에 앉아 이 광경을 바라본다

선생님이 손짓한다
이리 와서 진짜 목소리를 찾아보세요

쭈뼛거리며 무리의 가장자리에 선다
허리를 숙인다 정강이가 보이고 뒤통수가 시원하다

아 아 아

낮지도 높지도 않은 미지근적 목소리가 흘러나온다

옆집 아이와 엘리베이터에서 마주쳐 어색하게 안부를
물을 때
　보다는 낮고

지저분한 소문을 전할 때
　보다는 높다

언뜻 저 사람과 그 옆 사람의 목소리하고 똑같다

우리 셋이 동시에 얘기하면 참 재미있겠죠

진지한 모임에서 그런 말은 할 수 없어서
그저 소리만 낸다

아 아
교실은 소리를 머금은 상자가 되고

이가 나간 머그잔에 물을 담아 마시다가 바닥에 흘렸다
닦아내려고 허리를 숙인 찰나
물 위로 번지는 그림자가 보였다

진짜 같았다

고개를 들었다

진짜사람들이 진짜미소를 지으며 진짜 멋진 진짜옷을

입은 게

    이제야 눈에 들어왔다

    우리는 다 합격할 수 있을 거예요

    진짜행복이 밀려왔다

부서진 집의 일기

이사 온 지 삼 주쯤 흘렀을 때 알았다. 비가 온 다음 날이면 산책로에 부서진 달팽이들이 수북했다. 죽은 뒤에도 여러 번 밟힌 모양인지 잔해가 산산이 흩어져 있었다. 이쪽이나 저쪽이나 똑같은 풀밭인데 왜 건너려 했을까. 느긋하다고도 느릿하다고도, 용맹하다고도 무용하다고도 할 수 없는 행렬이 길 위로 가득했다.

친구는 핸드폰 배터리가 5퍼센트만 닳아도 불안해했다. 하지만 5퍼센트는 회기역에서 청량리역을 가는 사이에도 금방 사라질 정도로 작은 힘이라서 우리는 차라리 걷기를 택했다. 걷다가 종종 카페에 들렀다. 염치를 대가로 우리는 좀 더 걸을 수 있었다.

하루는 그녀가 나나니벌에 대한 이야기를 해주었다. 나비류 유충을 마취시켜 생매장한 뒤 그 안에 자기 새끼를 낳아 키우는 벌이라고 했다. 옛 사람들은 영 다른 애벌레에서 나나니벌 새끼가 자라는 것을 보고 신기해했다고, 내가 되어라 내가 되어라 되뇌면 정말 내가 되는 줄 알았다고. 무

슨 그런 벌이 다 있담. 괜스레 팔뚝을 쓸어내렸다. 무엇이
내가 되었으면 하는 것보다 내가 무엇이 되었으면 하는 때
가 더 많던 시절이었다. 친구가 나나니벌을 소재로 쓴 시를
보여주었지만 나는 조금 감상적이라 평했다.

그녀가 마지막으로 우리 집에 왔을 때는 얼굴이 사색이
되어 있었다. 비 온 다음날이었다. 혹시… 달팽이 (사체들
을) 보았니? 가만히 끄덕이는 고개를 지나쳐 그녀가 신고
온 구두 밑창을 서둘러 살폈다. 집은 없고 집 안에 있었을
몸뚱이만 있었다. 쓸개즙같이 생긴 점액을 손가락으로 긁
어냈다. 네 탓이 아니라고, 얘는 이미 죽어 있었을 거라고
말했지만 그녀는 들리지 않는 척했다. 침울한 분위기를 살
리려 부러 밝은 목소리로 새로 산 책을 자랑했다. 그러자
친구가 말했다. 그 책을 쓴 작가는 비둘기에게 먹이를 주려
다 5층에서 떨어져 죽었어.°

그게 유언처럼 들렸는지 어쨌는지 지금은 기억나지 않

° 보후밀 흐라발(Bohumil Hrabal, 1914~1997)

는다. 친구가 죽고 나서야 그 말이 다시 떠올랐을 뿐이다. 사인은 묻지 않았다. 졸업하고 3년이 지난 어느 날 느닷없이 부고 문자를 받았고, 문자에 적힌 장례식장에 가서 조문을 했고, 처음 보는 그녀의 어머니와 가볍게 포옹했다. 나는 왠지 알 것 같았다. 비둘기든 달팽이든, 그녀라면 무엇에게든 누구에게든, 생의 마지막 순간에, 먹이를, 하다못해 썩은 밀웜이라도, 주었으리라 마땅하다고.

그 동네에 다시 간 건 학교에서 서류를 뗄 일이 있어서였다. 지척에 전에 살던 집이 있었다. 비 온 다음날이었다. 그때보단 덤덤한 마음으로 산책로를 찾았다. 온통 까맸다. 아스팔트로 덮여 있었기 때문이다. 뒤에서 클랙슨이 신경질적으로 울렸다. 옆으로 비켜섰다. 그 흔한 민들레나 죽은 달팽이는 없었고, 있었더라도 차바퀴에 묻어 한강변에 흩뿌려졌으리라고 생각했다.

그제야 나는 나나니벌이 무엇의 비유인지 알 것 같았다.

흑백

책을 열어요 검은 건 깨 하얀 건 쌀이에요 정성스레 비
벼 한 입에 삼켜요 가끔 가다 목에 걸리는 건 미처 걸러내
지 못한 유리조각 와작 깨물면 입 안에 번지는 오독의 향내
짜고 달아요? 얼마큼? 그렇게 묻는 당신에게 한 입을 주고
싶지만 아직은 나만을 위한 책입니다

기승전결결 시작은 하나인데 마지막이 여럿인 이야
기 오늘은 그중 하나에 몸을 묻고 잠들 것입니다 그러면 영
원히 행복하게 살았답니다 병들지도 늙지도 않고 하얀 마
음과 검은 눈동자로 천장을 또렷이 바라보며 어쩔 땐 홀로
체스를 두면서도 체크메이트를 자꾸만 양보하느라 승부가
나지 않았다는군요

당신도 한 입 줄까요

당신은 결말 중에 하나를 고릅니다
초가을 피크닉의 한 장면
나와 내 친구는 한강변에 돗자리를 깔고 드러누웠네요
서로의 결혼식에서 부케를 받아주자 약속하고 김밥을 나

뉘먹으며 동창들의 소식과 오늘 본 뉴스 얘기를 하다가 까무룩 잠에 들고…… 눈을 뜨면 저기 봐 해가 진다 우리는 만나면 늘 이런 식이야 못 말려 서로의 등을 쓸어주면서 헤어질 때 포옹을 잊지 않는 그런 천진함 그런 우정 당신이 고른 결말은 하얗게 찢어지는 폭죽의 뒤꽁무니처럼 맑고 화사하네요

　나는 혼자 집으로 돌아갑니다 어두운 골목입니다 끽 하는 소리와 함께 오토바이가 멈춰서더니 파란 머리의 불한당이 내 앞을 가로막습니다 (당신은 놀랍니다) 불한당이 말합니다 네가 오늘 한낮에 한 일을 알고 있다 나는 대답하지요 저는 친구와 피크닉을 즐겼는데요? 불한당 왈 아니다 너는 적과 내통했다 그건 피크닉이 아니라 상대방이 네게 부린 꼼수였다 나는 깜짝 놀랍니다 (당신은 책을 덮을까 말까 심각하게 고민합니다) 오토바이에 탄 불한당이 뒷좌석을 손바닥으로 팡팡 칩니다 나는 고민 끝에 그의 허리를 붙잡고 앉습니다

　기어이 우리는 달리고 있습니다

레이스처럼 흐드러지는 왕벚나무의 꽃잎들, 백색소음, 부딪는 말과 말, 그 모든 마찰을 뚫고

나는 그를 꽉 껴안습니다 (당신은 책을 덮은 지 오래입니다)

검은 건 그의 가죽 재킷 하얀 건 나의 목덜미입니다 (소리 소문 없습니다)

이 불한당과 함께라면 체크메이트를 양보하지 않아도 될 것 같군요 그런 마음은 내게 낯설고 파랗고 짜고 달고 (사랑의 시작은 모순입니다)

씹다 만 결말

바닥에 나뒹굴고

나의 책은 제자리에 꽂혀 있습니다

혼자가 된 나는 도서관 문을 닫고 집으로 돌아갑니다

어두운 골목입니다

끽 하는 소리와 함께⋯⋯

말 안에 깃든 폭력성
'참을 수 없어서' 쓴다

저는 참을 수 없어서 시를 쓰는 것 같습니다. 무엇을 그토록 참을 수 없느냐고 묻는다면, 공교롭게도 어떤 '말'들이라고 답하겠습니다. 예를 들어 저는 '선함'과 '아름다움'과 '멋짐'과 '성실함' 같은 말들 안에 깃든 폭력성을 참을 수 없습니다. 어렸을 적 우리 집 가훈은 '사회에 필요한 사람이 되자'였는데, 언젠가부터는 '사회'라는 말도 '필요'라는 말도, 심지어는 '되자'라는 말도 견딜 수 없었습니다. 어떤 말에 들어맞는 사람이 되면 사는 게 편하다, 그런 이야기를 많이 들었지만 결국 제가 찾는 건 그 말들 너머에 있다는 것을 이제는 어렴풋이 압니다.

그렇지만, 세계는 말로 이루어져 있고 말로 작동합니다. 힘 있는 사람들이 힘없는 사람들의 말을 재정의하기도 합니다. 그래서 저는 저를 둘러싼 세계와 불화하고 맙니다. 정확하게 말하면, 불화해야 한다고 믿습니다. 참을 수 없으니 뭐라도 쓰자. 그렇게 시 한 편을 쓰니 한 편을 더 쓰고 싶어졌습니다. 무엇보다 그 과정이 재밌었습니다. 말로 해서는 안 되는 것과 말이라도 해야 하는 것이 무엇인지, 쓰는 사람에게 어떤 책임이 있는지도 배우게 되었습니다. 더 열심히 배우라는 뜻으로 저의 이름을 불러주신 것이라 생각합니다. 그럴 동력을 불어넣어 준 문화일보와 심사위원들께 감사를 드립니다.

많은 이들의 도움으로 이때까지 살아왔습니다. 나에게 쓰는 행위의 기쁨을 몸소 알려준 엄마, 김분숙 씨. 고맙고 사랑하고 존경해요. 동생 영훈과 지호, 부족한 누나 언니를 늘 믿어주어 고마워. 시골에 내려갈 때마다 저를 푸짐하게 먹이고 키워준 할머니와 이모들, 이모부들, 삼촌, 모든 친척들에게 감사합니다. 나와 함께 거침없이 흔들려준 친구들아, 고맙고 보고 싶다. 지난 한 해 동안 여러 수업을 기웃거리며 많이 배웠습니다. 김선오 시인님, 김근 시인님, 김준현 시인님, 박소란 시인님. 문학을 좋아할 줄만 알았지 쓸 줄은 몰랐던 제 어설픈 시들을 애정으로 들여다봐 주셔서 감사합니다. 존재만으로 기쁨과 감탄을 주는 고양이 망고, 우리 건강하자. 밤비야, 여전히 너를 기억하고 있어. 그리고 내게 사랑이 무엇인지, 사랑이 무엇을 가능케 하는지 알려준 재희에게 온 마음을 건넵니다. "어느 날 갑자기 네가 호빵맨이 되어서 사람들이 네 얼굴을 뜯어먹는다면 어떨 것 같아?" 같은 질문들에 진지하게 대답해주는 당신이 있어 나는 살아갈 수 있어요.

진짜·가짜, 진심·위선의 문제
유쾌하게 풀어내…한국詩 밝힐 신예 출현

　응모작들에서 실험적이고 파격적인 미래 지향적인 목
소리가 부족한 대신 지금 우리 시대의 현실과 문제를 조용
하지만 차분하게 관조하는 서정적이고 성찰적인 목소리가
감지되었다. 종교적 의미로서보다는 자기 존재 탐구의 수
단으로서 신이나 천사 등 초월적 존재를 모티프로 한 시와
그 반대로 가까운 친척이나 동료들이 등장하여 익숙한 삶
을 뒤집어보는 일상형의 시가 함께 나타나는 현상이 그 예
라고 할 수 있었다. 일상형의 시에서는 청년취업 문제나 주
택 문제, 부채 문제 등과 관계된 시어들이 자주 등장했다.

　심사는 예·본심을 통합해 진행되었다. 이 과정을 거쳐
열한 분의 작품이 본심에 올랐다. 자연과학이나 설화 등의
인유를 통해 오늘의 이야기를 담아낸 긴 산문형의 시가 주
를 이루고 있었지만 시적 짜임새와 수준이 만만치 않아 우
열을 가리기가 어려웠다. 마지막까지 경합을 벌인 작품들
은 '시창작기초' '모델하우스' '빛을 긁어낸다면' '면접 스
터디'였다.

'시창작기초'는 알레고리 기법을 이용하여 손금의 운명선에서 거대한 사파리를 발견하고 동물들의 운명을 시 쓰기와 결합한 작품이었다. '손금'과 '밀렵'을 결합한 참신성이 돋보였지만 시적 확장성이 부족한 점이 아쉬웠다.

 '모델하우스'는 현실감이 묵직하게 와 닿는 작품이었다. 앞으로 나아가고 있다고 믿지만 제자리일 수밖에 없는 형제의 이야기가 형이 만든 축소된 아파트 모형 속 축소된 사람들과 분양대행사 직원이 소개하는 모델하우스의 대비로 실감 나게 전개되어 있었다. 청년 세대의 주거문제를 떠올리게 하는 좋은 작품이었지만 다소 시적 구조가 평이하고 시행이 투박하다고 생각되었다.

 '빛을 긁어낸다면'은 여러 사물을 이질적으로 배치하고 혼합하는 시적 능력이 돋보였다. 하지만 내면에서 맴도는 불투명한 시적 전개가 약점으로 지적되었다. 시의 앞부분에서 제시되는 다채로운 내면의 이미지들과 어우러지는 외연의 목소리를 기대했지만 그 점이 보이지 않았다. 하지만 '귤' 하나로 시작하여 '아이'의 심리를 '일기장'과 '쿠

키' 등의 다양한 사물을 활용하여 입체화하는 시적 감각이
인상적이었다.

　당선작으로 선정된 '면접 스터디'는 시적 사건을 다루는
솜씨나 인식이 뚜렷하고 선명하게 드러난 수작이다. 취업
준비를 위해 면접 스터디를 한다는 시적으로 풀어내기 힘
든 소재를 통해 진짜와 가짜, 진심과 위선의 문제를 유쾌하
고 활달하게 풀어내어 힘 있게 읽힌다. 특히 진짜인 척 행
사되는 현실의 거짓을 시작부터 끝까지 아이러니 형식으로
건드리는 자기식의 어법이 안착된 유니크한 솜씨가 발군
이었다. 당선작과 함께 투고한 다른 작품들에서도 오랜 습
작기를 거쳤을 것이라고 믿어질 만큼의 정확한 문장과 개
성, 그리고 안정감이 느껴졌다. 이에 심사위원들은 한국시
의 미래에 풍요로움을 더할 탁월한 신예가 출현했다는 것
에 흔쾌하게 동의할 수 있었다. 당선을 축하드린다.

심사위원_나희덕·문태준·박형준 시인

펜치가 필요한 시점

김해인

1961년 부산 출생(본명 김인래)
계명대 사학과 졸업
현대상사대표
(사)국제PEN 부산지회 회원
2024년 『부산일보 신춘문예』 시 부문 당선

httc2006@hanmail.net

펜치가 필요한 시점

짜장면과 짬봉 앞에서 고민하는

나를 절단해 줘요

불가마에 단련된 최초의 연장이 되느냐

컨베이어벨트를 타고 나오는 레디메이드 툴이 되느냐

이것도 중요하지만

선택 후의 방향은 어디인지 알 수 없어요

차라리 한 끼 굶을 일을

어느 시궁창에 빠질지 모를 일입니다

오른쪽 손과 왼쪽 손이 친척이라고 생각하나요

나를 꾹 눌러서 이쪽저쪽으로 갈라줘요

이쪽으로 가면 강의 상류 끝에 서 있는 물푸레나무를 만나고 싶죠

저쪽으로 가면 바다의 시작,

흰 치마를 펼쳐서라도 항해하는 게 로망인 걸요

밸런스게임은 사양할게요

이쪽으로 가면 파란 대문이 열려 있고

저쪽으로 가면 녹슨 대문이 부서져 있다거나

이쪽으로 가면 왕이 되고

저쪽으로 가면 거지가 된다는 동화 같은 거 믿으라고요?

차라리 사지선다형으로 바꿔주세요

검은 셔츠와 흰 셔츠 중 뭐가 필요하냐고요

지금은 펜치가 필요한 시점이에요

벽화

그림자들이 방을 엿본다

사각의 고립은 검은 장미를 키운다

까마귀가 검은 휘파람을 분다

벽장을 열어 코드를 꽂자

삶은 달걀, 물 컵이 있고

구두, 모자가 파닥거리는데

우산이 튀어나온다

어이없는 재료들이 삶의 레시피이다

창문 없는 벽 뒤에서 밖을 본다

도로인지 바다인지 눈꺼풀 아래까지 어둠이 찰랑거린다

자꾸 처지는 머리를 고쳐 올리고 지느러미를 세운다

이번에는 어디든 헤엄칠 수 있을 것 같다

내용을 알 수 없는 불빛들이

달아났다가 되돌아온다

왠지 번들거리는 바닥을 본 것 같다

잃어버린 얼굴이 돌아오는 일은 없었지

그게 놀라울 것 없는 공식이지

밤이 벽을 검게 덧칠하고

불빛이 다시 그림을 그린다

여기가 바닥이라면 누워야겠다고 생각한다

고립이 나타났다가 사라졌다가 한다

널브러진 시계들이 온 방을 헤집고 다닌다

검은 망토를 펄럭이며

대나무숲이 밤을 세차게 흔들고 있다

용접공

용광로가 불을 불로 잡는다

차가운 칼날처럼 불꽃이 철판을 두 동강 낸다

어디서 왔느냐고 묻는다면

모두 새벽녘 봉고를 타고 왔다고 한다

다문 입 앞에서 다문 입이 예의가 된 휴게실에서

담배를 태우고, 커피 한 잔에 절단된 오후를 다시 붙인다

불과 불이 바벨탑을 쌓는다

붕대를 감은 손가락도

불의 계단을 엿가락처럼 휘감고 올라간다

쇠북 소리가 귀마개를 찢는다

하루라도 빈다면 용접하는 일이 제일 자신 있다

일과 일이 감쪽같이 이어져서

휴가가 저 멀리 동떨어져 있다

도무지 틈이 안 보인다

그러고 보니 십 년과 십 년 사이를 몇 번이나 용접해 온 것이다

땀방울에서 는개가 피어나는 일이다

거대한 트럭에 그 많은 시간들이 실려나가도

노을을 닮은 용접봉은 식지 않는다

용접공들과 커피 나누며 시 찾아낼 것

기차가 다리를 접고 커다란 눈을 껌벅거리는 시간이 있었다. 모던의 그림자들이 허리가 꺾인 채 짙어가는 시절이 있었다. 운동장에서 함께 뜀박질하던 노을이 사라진 날도 많았다. 지금부터는 시간을 찾아내는 것이다. 서랍 구석구석을 쫓고 찾아서 거리로 내모는 것이다.

낯선 플랫폼에서 공구로 생계를 이어온 지 33년이란 시간이 갔다.

새벽녘 봉고를 타고 온 용접공들과 커피 한 잔을 나누면서 일과가 시작되었고 휴가란 저 멀리 동떨어져 있는 세계인 줄 알고 살았다. 저마다 자란 키만큼 한 발 짝씩 하늘에 다가서는 나무들처럼 이 공간에서 시가 나오고 삶이 만들어진다는 것을 요즘 크게 깨닫는다.

큰형님, 동현, 광현, 예쁜 며느리 정남이, 가족들에게 말할 수 없이 고맙고 미안하다는 얘기를 전합니다. 언젠가는 '울타리에 대하여'라는 글을 쓰리라 다짐합니다.

새로운 시의 세계를 열어주신 조말선 선생님에게 무한한 존경과 진심 어린 고마움을 표합니다. 늘 창 문학회와의 인연을 만들어 준 장정애 문우님, 임성섭 회장님, 총무님, 함께 공부해 주신 문우님들 고맙고 감사드립니다. 끝으로 저의 졸작을 심사하여 주시고 세상에 내어주신 심사위원님과 부산일보사 관계자님들에게 두 손 모아 깊이 감사드립니다.

노동하는 육체 가져와 비유 리듬 증폭시켜

삶을 언어로 건축하면서 자기를 실현하려는 노고가 반갑고 고마웠다. 한미정의 '거베라에 대한 경배' 외 2편, 이영숙의 '아침이 검고 정오는 무심하고 저녁은' 외 2편, 이희복의 '이소' 외 4편, 김혜린의 '작약' 외 3편, 김해인의 '펜치가 필요한 시점' 외 2편을 가려내어 거듭 읽었다. 한미정의 시편은 사물에 투사하면서 가족 이야기를 기술하는 솜씨가 좋았고, 이영숙의 시편은 외부를 자기의 사건으로 시화하는 과정이 성실했으며, 이희복의 시편은 몸을 지닌 삶의 고단한 일상을 시적 언어로 잘 육화하였다. 모두 일정한 수준을 갖춘 작품들이다. 남겨진 김혜린의 시편은 진정한 관계를 염원하는 마음의 움직임을 매우 섬세하게 표현하였고, 김해인의 시편은 노동하는 삶을 통하여 자기를 성찰하는 발화가 진지하였다. 김혜린의 시편과 김해인의 시편을 두고 우리는 망설였다. 마음의 무늬에 상응하는 전자의 생생한 이미지들이 우리를 붙들었고, 경험의 구체성을 담보하는 언어의 명징함을 지닌 후자가 우리를 사로잡았다. 둘을 모두 신인으로 내어놓아도 좋을 만큼 시적 성취를 보였기에 우리의 선택은 지체되었다. 마침내 이미지의 미학보다 구체적 삶의 언어로 기울었다. 김해인의 '펜치가 필요한 시점'을 당선작으로 선정한다. 공구와 더불어 노동하는 육체를 말하면서 진정한 자아를 찾아가는 과정을 노래하였는데, 처음에서 중간을 지나 끝에 이르기까지 시적 긴장을 잃지 않으면서 의미를 증폭하는 비유와 리듬을 잘 형성하였다. 정진하기를 기대한다.

심사위원_구모룡 평론가·성선경 시인

조명실 /
서울늑대

이실비

1995년 강원 속초 출생
동덕여대 문예창작과 졸업
2024년 『서울신문 신춘문예』 시 부문 당선

rimgorim@naver.com

조명실

그 사람 죽은 거 알아?
또보겠지 떡볶이 집에서
묻는 네 얼굴이 너무 아름다운 거야

이상하지 충분히 안타까워하면서 떡볶이를 계속 먹고
있는 게 너를 계속 사랑하고 있다는 게

괜찮니?
그런 물음들에 어떻게 답장해야할지 모르겠고

겨울이 끝나면 같이 힘껏 코를 풀자
그런 다짐을 주고받았던 사람들이

아직도 코를 흘리고 있다

손톱이 자라는 속도가 손톱을 벗겨내는 속도를 이기길
바랐다

다정 걱정 동정

무작정

틀지 않고

어두운 조명실에 오래 앉아 있었다

초록색 비상구 등만
선명히 극장 내부를 비추고 있었다

이것이 지옥이라면

관객들의 나란한 뒤통수
그들에겐 내가 안 보이겠지

그래도 나는 보고 있다

잊지 않고 세어 본다

서울늑대

사랑을 믿는 개의 눈을 볼 때
내가 느끼는 건 공포야

이렇게 커다란 나를 어떻게 사랑할래?
침대를 집어 삼키는 몸으로 묻던 하얀 늑대
천사를 이겨 먹는 하얀 늑대

흰 늑대 백 늑대 북극늑대
시베리아 알래스카 캐나다 그린란드
매일 찾아가도
없잖아 서울에서 만나 서울에서 헤어진 하얀 늑대 이
제 없잖아

우린 개가 아니니까 웃지 말자
대신에 달리자 아주 빠르게

두 덩이의 하얀 빛

우리는 우리만 아는 도로를 잔뜩 만들었다 한강 대교에

서 대교까지 발 딛고 내려다보기도 했다 미워하기도 했다
도시를 강을 투명하지 않은 물속을

　밤마다 내리는 눈
　까만 담요에 쏟은 우유
　천사를 부려먹던 하얀 늑대의 등

　네 등이 보고 싶어 자고 있을 것 같아 숨 고르며 털 뿜
으며

　이불 바깥으로 새어나가는 영원

　목만 빼꼼 내놓고 숨어 다니는 작은 동물들
　나는 그런 걸 가져보려 한 적 없는데 하필 너를 데리고
집에 왔을까 내 몸도 감당 못하면서

　우리는 같은 멸종을 소원하던 사이
　꿇린 무릎부터 터진 입까지
　하얀 늑대가 맛있게 먹어치우던

죄를 짓고 죄를 모르는 사람

혼자 먹어야 하는 일 앞에서
천사는
입을 벌려 개처럼 웃어본다

위로

배드민턴 채를 손에 쥐고 공중을 올려다보는 두 사람

마주 앉은 식탁

허공에 멈춘 두 개의 숟가락

당신의 마지막 햄스터
작고 보송한 곁을 기억하며
우리는 수저를 들었다

잘 먹겠습니다- 말해놓고
왜 안 먹느냐고 묻지 않았다

베란다 밖 공원에 배드민턴 치는 소리
어설퍼도
공을 놓친 사람에게 질책하는 말은 들리지 않았고

공을 줍고 위로 던지고 올려다보고
수저를 들고 밥을 푸고 입에 넣고

하얗고 동그란 것이 멀리 날아가 버리거나
우리 안으로 들어와 사라진다

방 안에선
산에서 데려온 버섯이 자라고 있다

당신에게

부드럽고 낯선 버섯을
다발로 엮어 선물하고 싶다

겁에 질려도 끝까지
눈 피하지 않는 시 쓰고 싶어요

누군가는 가만히 있어도 무언가를 끊임없이 잃어버리고... 나는 슬펐다. 슬프고 이해되지 않는 것들을 시로 썼다. 아름답다는 말을 들었다. 그래도 될까? 어둠 속에서 얼굴을 굶기는 사람들. 극장에서 그들이 관람하는 모든 것을 같이 목격하고 싶었다. 겁에 질려도 끝까지 눈을 피하지 않는 시를 쓰고 싶었는데.

이 눈싸움을 통해 내가 바라는 것은 무엇인지 점점 알 수 없게 됐다. 나는 시를 계속 쓰는 내가 좋았고 싫었다. 내가 자랑스럽고 창피했다.

시 쓰는 사람들을 만났다. 잔뜩 웃고 떠들다 집에 돌아가는 길에 마음이 이상했다. 나는 아픈 시만 줄줄 써댔는데, 그들이 쓰는 시도 그랬는데... 우리는 만나면 신나고 들떠있었다. 포기할 수 없는 단 하나의 문장을 가지고 있는 사람은 기쁨이 무엇인지 알고 있었다. 시를 쓰면 처음에 하려던 말에서 아주 멀어져도 이해받을 수 있었다. 나는 그게 좋았다.

겁먹은 제 시를 기꺼이 믿어준 심사위원 김소연 시인님, 박연준 시인님, 황인찬 시인님께 감사드립니다. 지난여름, 용기를 나눠준 이영주 시인님과 포에트리앤의 얼굴들 감사해요. 언제나 나를 무던히 지켜봐 주는 이들. 사랑하는 가족 민준 홍시 대추, 401호 연재와 민경, 건강원 고은과 효정, 그리고 현경이에게 많이 고마워요. 시를 쓰며 만났던 동료들의 꼼꼼하고 상냥한 진심들을 오래 기억하고 있어요. 적당히 두려워하며 씩씩하게 계속 쓸게요.

능숙하고 절묘한 이미지 배치와
전개가 압도적 작품

신춘문예 작품을 검토하는 일은 새로운 시의 경향을 감지하는 일이기도 하다. 2651편의 작품에서 가장 두드러졌던 것은 불투명한 미래에 대한 고백이 많았다는 사실이다. 팬데믹에 이어 전쟁과 기후위기 등 우리 삶의 불안이 참담한 형태로 가시화되는 한 해였던 만큼 그런 경향이 작품에도 반영됐다. 불안한 오늘날의 삶과 온몸으로 맞설 수 있는 작품을 만나기를 기대하며 심사를 진행했다.

본심에서는 네 명의 작품을 집중적으로 논의했다. 김보미의 '제 자리' 외 4편은 유려하게 운용되는 시의 맛이 뛰어났다. 그러나 오히려 그 유려함이 시인만의 개성적인 시선과 태도를 가려 아쉽다는 의견이 있었다. 백민영의 '피에타' 외 2편은 숙련도에 부족함이 없었다. 시의 구조와 전개모두 능숙했지만 결국 그 모든 이야기가 혼자만의 이야기로 귀결되고야 말았다. 조금 더 크고 넓은 운동이 있었다면 좋았을 것이다. 끝까지 고민한 작품은 이영서의 '멀어지는 기분' 외 2편이었다. 개성적인 시선과 발화가 만들어 내는 흥미로운 세계가 눈길을 끌었지만 단조롭거나 무리한 전개를 보이는 대목이 있었다.

당선작으로 이실비의 '서울늑대'와 '조명실'을 선정했다. 능숙하고 절묘한 이미지 배치와 전개가 압도적인 작품이었다. 무엇보다 시란 세계를 재구성하는 일임을 이해하고 있었다. '서울늑대'는 늑대가 되어 서울을 달리는 "두 덩이의 하얀 빛"을 통해 가장 내밀한 공간에서부터 드넓은 도시의 이미지까지 아우르며 그 모든 것을 새롭게 만들어 냈으며, 식당에서의 대화가 극장 조명실의 독백으로 전환되는 '조명실'은 죽음과 사랑, 불안과 고독 등을 극장 뒤편의 그림자 이미지로 모아 그것을 묵시하는 우리 시대의 초상을 추출하는 데 성공해 냈다.

시인은 내밀한 고백을 통해 세계를 새롭게 정의하는 자다. 당선자는 그 일을 훌륭하게 수행했다. 앞으로도 자유롭게 이 세계를 유영하기를 바란다. 본심작을 포함해 뛰어난 투고작이 많았다. 머지않아 다른 지면에서 만날 수 있을 것이다. 작품을 투고한 모든 분께 깊은 감사를 전한다. 시에 대한 우리의 열의가 있는 한 시는 끊임없이 우리 삶과 더불어 이 세계와 대결해 나갈 수 있을 것이다.

심사위원_김소연·박연준·황인찬

웰빙

한백양

1986년 전남 여수 출생
동국대학교 국어국문학과 졸업
2024년『동아일보 신춘문예』시 부문 당선

freud-sigmund@hanmail.net

웰빙

힘들다는 걸 들켰을 때

고추를 찧는 방망이처럼
눈가의 벌건 자국을 휘두르는 편이다

너무 좋은 옷은 사지 말 것
부모의 당부가 이해될 무렵임에도
나는 부모가 되질 못 하고

점집이 된 동네 카페에선
어깨를 굽히고 다니란 말을 듣는다

네 어깨에 누가 앉게 하지 말고
그러나 이미 앉은 사람을
박대할 수 없으니까
한동안 복숭아는 포기할 것

원래 복숭아를 좋아하지 않는다
원래 누구에게 잘하진 못한다

나는 요즘 희망을 앓는다

내일은 국물 요리를 먹을 거고
배가 출렁일 때마다
생각해야 한다는 걸 잊을 거고

옷을 사러 갔다가

옷도 나도
서로에게 어울리지 않는 곳에서
잔뜩 칭찬을 듣는 것

가끔은 진짜로
진짜 칭찬을 듣고 싶다

횡단보도 앞 노인의 짐을 들어주고
쉴 새 없이 말을 속삭일 때마다
내 어깨는 더욱 비좁아져서

부모가 종종 전화를 한다 밥 먹었냐고

밥 먹은 나를 재촉하는 부모에게
부모 없이도 행복하다는 걸 설명하곤 한다

미리보기 없음

그릇이 깨지고
순두부찌개 집은 순식간에 결말로 치닫는다

그랬습니까, 그랬습니다, 따위는 없는 허리 구부림과 주
인의 앞주머니가 훔치고 간 바닥의 김치 얼룩

누구도 피 흘리지 않았지만
누구나 피 흘리는 표정을 발견할 수 있다

정적의 용도가 달라진다 주인도 그릇을 내던진 사람도
좀처럼 말이 없고, 둘 사이를 오가야 마땅한 대화들을 티브
이 소리가 뒤덮는다 올해의 경제에는 하한선이 없습니다,
종이로 급하게 숫자를 덧붙인 순두부찌개 백반의 가격부터
그릇을 내던진 사람의 맞은편 사람까지 붉고 창백한 화살
표가 이어진다 정말로 최선이었습니까, 힐끗대는 가게 안
의 공기가 요동치고 갑자기 재채기가 사방에서 울려 퍼진
다 팡파르도 없이 정적이 입구까지 내달린 순간

그래서 죽겠니, 웃어버리는

웃으면 안 되는 사람이 웃었다는 사실 만으로도 다시 순두부찌개 뚝배기 안이 거세게 거품을 쏟아낸다

우리는 함께 작년을 끝낸 적 있어요, 그릇을 던진 사람의 맞은편 사람이 농담을 건네도 주인은 말이 없다

그릇 안을 아무리 헤집어도
불안이 투명해지질 않기 때문에

누군가 한 번 더 그릇을 던져줄 순 없을까, 그러나 새로운 손님과 새로운 다툼이 가게 안을 가로지른다 유난히 늙은 사내 하나 구겨진 만 원짜리처럼 거세게 가래를 뱉기도 한다 저, 저, 가리킨 곳에는 티브이가 있고, 앵커는 내년도 올해처럼 불행할 거라고, 우리가 열심히 살지 않아서라고 고백한다 최선을 다했지만... 안타까워하는 목소리와 안타까워하는 표정 아래에 놓인 얼굴들은 모두 음영이 또렷하다 한 숟갈 떼어진 순두부처럼 움푹함이 사라지지 않는다

가게 밖으로 나서도 사라지지 않는 그늘을

그늘이라고 부르지 말아야 한다

불어오는 바람마다 매운 냄새가 그득해서, 이를 쑤시거나 담배를 태우던 사람들은 하나같이 눈을 살짝 감았다가 뜬다

뭔가 달라질 줄 알았던 사람들에게로
뭔가 달라진 세계가 들이친다

순두부찌개가 만 원을 넘어가는, 깨진 그릇을 치우다 손을 벤 주인이 깨진 그릇보다 더 오래 그릇을 내던진 사람을 떠올리는, 어떤 세계는 끝장난 후에도 그것을 아무에게도 알려주지 않는다 과정을 알 수 없는 망가진 기분 때문에 사람들은 이따금 그릇을 내던진다

무지하고 안전한 환상이
던져진 뚝배기 안에서 끓고 있다

멀리까지 튕겼던 그릇이 깨지기 직전, 마지막으로 온전

했던 한 순간에 대해서

그게 아니라, 실은 그것이므로
그게 아니라, 실은 아무도 모르므로

전망

우리가 정면을 본다는 믿음이 깨어질 때

올해의 더위는 마음이 너무 많은
마음이 저지른 일

무작정 사람을 찌른 사람이
사랑받고 싶다는 말을 한다

날씨 때문에
더는 광장으로 산책을 나서지 않는 사람들이
위층에서 아래층에서 발을 구른다

마대 자루로 찌른 천장이 갑자기 조용해지고
일기예보에선 지금이 더 늘어날 수도 있다고 한다

내가 아니다
정말로 내가 아니다

소개(疏開)된 도시와

갑자기 쓰러져서 일어나지 않게 된 노인들은

밥 먹을 때마다
더 안전한 집에 대해 쏟아내는 목소리는

마음먹은 것들이
마음에서 넘치고 있다

더러워진 손바닥으로 악수를 청하는 나에 대해서
아무 의견도 내지 않는 사람들이 곳곳에 있다

그들은 살아가고

쉽게 깨어지면서도 깨어진 채로 그들이고

나는 될 줄 알았다.
그러니 여러분들 또한 될 것이다.

이 문장까지만 쓰고 많은 문장들을 떠올렸다가 지웠다. 대개의 시 쓰기와 다르지 않다. 최선의 문장을 선택했다는 생각과 그럼에도 불구하고 더 좋은 문장이 있을 거란 망설임. 어쩌면 위 문장이 이미 완결된 것이기 때문에 그럴 수도 있다. '여러분들 또한 될 것이다' 그것이 등단이든, 인생의 어떤 성취이든, 혹은 말 그대로 인생을 살아내는 것이든 상관없다. 일어날 일은 일어나고, 해야 할 일은 우리가 어떤 기분이든 우리 앞에 나타나는 법이니까.

그러니 할 일을 하자. 글을 쓰고 삶을 살고, 불행과 행복을 반복하자. 스스로에게 하는 말이다. 소식을 듣고 무척 기뻤던 것과 달리, 할 일이 있었고, 할 일을 다 마친 다음에는 완만한 기쁨이 남아있었을 뿐이다. 앞으로도 마찬가지겠지. 어떤 일은 기쁘고, 어떤 일은 슬플 것이다. 그러나 괜찮다. 일들은, 감정은 흐르고 있다. 무엇도 어떤 것도 절대로 멈추지 않는다. 다만 희망과 예감을 노 대신 저어가며 우리는 흐름을 견뎌야겠지.

좋은 시를 쓰고 싶다. 하고 싶은 말을 하고 싶다. 지금의 나는 이러한 목표를 가지고 있다. 이번 일을 성과라고 여기고 싶진 않다. 솔직히 말하자면 나는 무척 불안한다. 앞으로 잘 해낼 수 있을까. 내 잘함이 과연 잘한 게 맞을까. 그러나 어쩔 수 없다. 일단은 나아가야 하고, 그것이 내게는 시인 것뿐이므로. 그래서.

나는 내가 될 줄 알았다. 그러므로 여러분들 또한 될 것이다. 가족과 친지들, 선생님들, 그리고 모자란 내 작품을 뽑아주신 심사위원 분들까지. 감사해야 할 분들이 그득하지만 굳이 말하지 않겠다. 그들에게 보여주어야 할 것은 지금보다 나아진 나여야 할 것이고, 나아가기 위해선 지금을 박차는 힘이 필요하다. 앞으로는 그 힘을 보여주려고 노력하겠다. 모두에게 온전한 감사를 담아, 좋은 시를 쓸 것이다.

일상과 불화·화해하는 아이러니
잘 담아내

　시 부문 예심을 거쳐 올라온 작품들 가운데 잘 조직된 언어적 매무새에 정성을 쏟은 시편들이 호의적으로 다가왔다. 그 과정에서 최종 논의 대상이 된 작품은 김은유씨의 '바깥공상'과 한백양씨의 '웰빙'이었다. 결과적으로 시상의 완결성과 시인으로서의 가능성을 참작하여 '웰빙'을 당선작으로 선정하게 되었다.

　'바깥공상'은 방 안에서 상상해 보는 바깥의 세상을 얼룩과 이불이라는 소재로써 개성적으로 풀어낸 가편이었다. 민활한 심리적 움직임을 단정한 흐름 속에서 명민하게 포착하고 서술한 면이 돋보였다. 선정하지 못해 끝내 아쉬웠다. '웰빙'은 스스로의 일상과 때로 불화하고 때로 화해하는 심리적 교차점을 잘 그려냈다. 존재론적 확장을 희망하는 마음이 선연하게 형상화되었으며, 그러한 희망을 때로 억압하고 때로 포기하지 못하게 하는 현실을 반어적으로 잘 담아냈다. 삶의 아이러니를 긴 호흡으로 구성해 가는 만만찮은 능력을 보여주었다고 생각된다. 웰빙 아닌 웰빙의 조건 속에서 스스로를 성찰하고 좀 더 누군가에게 잘하고 누군가의 짐을 들어주면서 진짜 칭찬을 듣고 싶어하는 희망앓이를 하는 마음이 잘 나타났다. 앞으로도 서정성과 일상성을 잘 결속하여 구체성 있는 삶의 서사를 잘 온축해 갈 것으로 기대된다.

이 밖에도 구체성 있는 필치와 시상을 통해 자신만의 언어를 드러낸 시편들이 많았다. 당선작은 언어 구사의 참신함과 완성도에서 좋은 점수를 받았다고 보면 될 것이다. 당선자에게 크나큰 축하의 말씀을 드리고 응모자 여러분께 힘찬 정진을 당부드린다.

심사위원_안도현·유성호

벽

추성은

1999년 대구 출생
중앙대학교 문예창작학과 졸업
2024년 『조선일보 신춘문예』 시 부문 당선

chooosee21@gmail.com

벽

　죽은 새
　그 옆에 떨어진 것이 깃털인 줄 알고 잡아본다
　알고 보면 컵이지

　깨진 컵
　이런 일은 종종있다

　새를 파는 이들은 새의 발목을 묶어둔다

　날지 않으면 새라고 할 수 없지만 사람들은 모르는 척 새를 산다고, 연인은 말한다
　나는 그냥 대답하는 대신 옥수수를 알알로 떼어내서 길에 던져두었다
　뼈를 던지는 것처럼

　새가 옥수수를 쪼아 먹는다

　몽골이나 오스만 위구르족 어디에서는 시체를 절벽에 던져둔다고 한다

바람으로 영원으로 깃털로
돌아가라고

애완 새는
컵 아니면 격자 창문과 백지 청진기 천장
차라리 그런 것들에 가깝다

카페에서는 모르는 나라의 음악이 나오고 있다 언뜻 한
국어와 비슷한 것 같지만 아마 표기는 튀르크어와 가까운
음악이고
아마 컵 아니면 격자 창문과 백지 청진기 천장이라는 제
목일 것이고

새장으로 돌아가라고……
아마 그런 의미겠지

연인은 나 죽으면 새 모이로 던져주라고 한다
나는 알이 다 벗겨진 옥수수를 손으로 쥔다

쥐다보면 알게 될 것이다 컵은 옥수수가 아니라는 것

노래도 아니고
격자 창문과 백지 청진기도 아니고

진화한 새라는 것
위구르족의 시체라는 사실도

새의 진화는 컵의 형태와 비슷할 것이다
그리고 끝에는 사람이 잡기 쉬운 모습이 되겠지
손잡이도 달리고 언제든 팔 수 있고 쥘 수도 있게

새는 토마토도 아니고 돌도 아니기 때문에 조용히 죽어
갈 것이다°

카페에서 노래가 흘러나온다
그건 어디서 들어본 노래 같고 나는 창가에 기대서 바

° TV 〈동물농장〉 946회

깥을 본다

곧 창문에 새가 부딪칠 것이다
깨질 것이다

시인의 말

친구로부터 수선화 구근은

냉장고에 넣어두면 과일 채소와 자기 자신을 구분할 수

없어

금방 알뿌리가 썩는다는 조언을 듣는다

그래도 요즘 겨울은 길지

나는 맨손으로 땅굴을 파면서 생각한다

옆집 개는 오줌 싼 곳에 땅을 파는 버릇이 있다

개는 구멍에 대고 캉캉 짖기도 한다

꽃도 씨앗도 만들지 않는 양치식물과 달리

수선화는 조용한 식물이니까

침묵을 지킨다

시소처럼

"수선화속은 공기 중의 불순물과 이산화탄소를 빨아들

이며 자랍니다"

설명을 소리 내서 읽어보면
나의 말은 위로 솟았다가 아래로 꺼지기도 한다

꽃대가 한 번씩 자랄 때마다
알뿌리도 안으로 더 깊어지는데

집 앞을 어슬렁거리던 개는 누구네 집 개인지
또는 사람이었는지

구분할 수 없다

강변 나의 정원

개가 짖으면
주인이 공을 던진다

주인과 개

큰 것과 작은 것
세계와 정원

강변을 따라서 젊은 연인들과 서로를 부축하며 걸어가
는 노인들이
개와 주인이
서로의 리드 줄을 당기면서

가만히 정차한 나를
돌아가면서 지나치는 산책길

부정교합과 질서가
번갈아 있는

서정과 난해가 돌연 교차되는
장면은
꼭 세계를 축소해서 꾸며낸 정원 같지

사람은 늙고 정원 사과나무는 오늘 가꾸더라도
아무튼 내일이 되면 몽땅 망가지는 수순 뿐인데

왜인지

공을 문 개가
가끔 공을 떨어트리고 돌아오기도 한다

"넌 시인의 이름을 가졌어"
그 한마디가 나를 지켰다

선생님은 나에게 시인의 이름을 가졌다고 했다. 그 기억은 각별하다. 마치 미래를 알고 있던 것 같지. 그것은 일종의 예언이기도 했으나, 시를 쓰는 나를 불안으로부터 지켜주는 말이기도 했다. 그리고 지금 이곳에 시인이 된 내가 있다. 이게 나의 대답이에요. 그동안 나는 매번 다른 이름이 되어서 다른 시를 썼고, 그 사이에 선생님은 이름을 바꾸었다. 나는 한 번도 선생님의 이름을 불러본 적 없는 것 같다.

아주 희박한 관성이 나를 움직인다고 느낀다. 21세기에 시를 쓴다는 것. 사랑 없는 세계에서도 아직도 시를 포기하지 않는다는 것. 어쩌면 현실을 호도하고 싶어서 선택한 게 시일지도 모르지. 그러나 믿고 싶기도 하다. 세계가 돌아가는 논리. 나의 관성. 그건 가장 가까이 있는 거라고. 오늘 저녁으로 뭘 먹을지. 애호박을 살지, 상추를 살지. 그 정도에 그치는 거야. 나의 시는 머지않은 징조가 좋겠다. 그건 모두의 이름 같은 거다. 나를 지켜준 것은 가장 가까운 곳에 있던 나의 이름이었으니까. 당선되었다는 연

락이 왔다. 기쁘고도 충만하다. 이제 나는 저녁에 뭘 먹을
지 고민해야지.

대학 강단에서는 법을 가르치지만, 나에게는 법 대신 사
랑을 가르쳐준 아빠. 그리고 나를 믿어주던 우리 엄마. 오
빠. 모든 가족. 전화 주셔서 고마워요. 항상 내 옆자리에 나
란히 앉아 주는 윤채. 또 금지야, 너와 함께 뜨던 뜨개실이
지금의 나를 완성한 것 같다. 수연, 시현. 언제나 내 고향이
되어주는 친구들. 그리고 승현, 우리, 서윤. 지금 우리 모두
다른 걸 하고 있지만, 우리의 마음은 영원히 문연자의 새벽
에 남아 있어. 너희가 있어 글과 함께한 기억은 기쁘고도
애틋해. 기쁜 소식은 가장 먼저 알리고 싶은 소중한 서인,
선민, 정우. 나에게 시인의 이름을 붙여주었던 박정원 선생
님. 그리고 이승하 선생님, 김근 선생님, 이수명 선생님, 새
로운 길을 열어주신 심사위원께도 감사드립니다. 또, 이곳
에 다 담지 못한 나의 소중한 이름들에게. 지키고 싶은 마
음을 가득 담아 보낸다. 나는 계속 쓸게요.

감각·사유·언어를 오가며
빚어낸 '미래의 시인'

　시는 긴장이고 충돌이다. 도전이고 모험이다. 새로운 시는 안전이나 완전과는 멀리 있다. 뛰어난 시는 지금-여기에서 저기-너머를 꿈꾸게 한다. 신인에게 기대하는 시라면 더더욱 그러하다.

　본심에 오른 열두 분의 작품 중 세 분의 작품을 대상으로 논의가 집중되었다. '졸업' 외 2편은 거침없이 활달하다. 젊은 세대의 구어적 말맛과 비약적 대화를 극대화하여 시적 긴장을 최대치로 끌어올리고 있다. 그러나 그 경쾌함이 겨냥하는 것이 불분명할 때가 잦아 맥이 풀리기도 한다.

　'무인 가게' 외 5편은 절제된 안정감이 돋보였다. 농(濃)과 담(淡)을, 완(婉)과 곡(曲)을 살려 시를 의미화하고 전경화하는 재능은 시인으로서 큰 자산이다. 시대적 징후를 잘 포착한 「무인 가게」는 당선작으로 내놓아도 손색이 없을 정도였다. 단지 다른 시편들에서 보여준 설명적 부분을 덜어내고 특유의 응집력으로 시적 개성을 확보하기를 권한다.

　추성은 씨를 새로운 시인으로 추천한다. 감각, 사유, 언어라는 시의 세 꼭짓점을 오가며 빚어낸 그의 시편들은 읽는 사람을 충분히 매료시키며 시의 안쪽에 오래 머물게 한다. 당선작 '벽'은 녹록하지 않은 신예의 탄생을 예고하는 수일(秀逸)한 작품이다. 버드 스트라이크 혹은 조류 충돌의 새에게 사람 사는 곳이란 온통 부딪힐 수밖에 없는, 차단된, 차가운 벽이다. 그러니 '새'의 선택지는 진화하거나 깨져 죽거나, '창' 안에서 '옥수수'를 받아먹으며 길들거나 창의 '바깥'으로 넘어서거나, 숱한 '새 아닌 새'가 되거나 '진짜 새'가 되거나일 것이다. 비단 새뿐이겠는가. 이 시가 반문명과 비인간을 지향하는 시로 읽히는 대목이다. 미래의 시인으로서 우리 시의 지평을 새롭게 열어가길 기대한다.

심사위원_정끝별·문태준 시인

take

김유수

1998년 경기 안성 출생
양업고등학교 졸업
2024년 『한국일보 신춘문예』 시 부문 당선

youth_kimm@naver.com

take

쓰레기를 줍는다
나는 쓰레기가 아니기 때문이다

지나가는 그것이 나를 쓰레기라 불렀다
쓰레기를 입고 거리를 활보했다

추운 거리를 그것이 배회하고 있었다 지나가는 그것의
입 속은 차갑다 지나가는 그것의 입술은 아름다웠다 지나
가는 그것의 코트가 차갑다

쓰레기와의 동일시는 어떻게 줍는 것일까
너는 왜 나처럼 쓰레기를 줍지 않을까

어떤 부부가 예쁜 쓰레기를 주워 간다 어떤 직장인이
따뜻한 쓰레기를 주워 간다 어떤 시인이 터무니없는 쓰레
기를 주워 간다 그러한 쓰레기의 용도는 내가 입을 수 없
는 옷이었다

지나가는 그것이 코를 틀어막고 간다 지나가는 그것이

눈을 질끈 감고 간다 지나가는 그것이 옷을 건네주고 간다
지나가는 그것을 코트로 덮어버렸다

　지나가는 그것이 무덤, 이라고 말한다 지나가는 그것
이 나의 자리를 탐내고 있다 나는 자리나 잡자고 이 거리
의 쏟아짐을 목격하는 자가 아니다 이 거리의 행려는 더더
욱 아니었다

　행려는 서울역 앞에서 담배꽁초를 줍고 있다
　담배꽁초에 나의 시간을 투영하고 있다

　그것이 서울역으로 타들어 가고 있었다
　서울역의 시계가 서울역으로 돌아오고 있었다

바퀴벌레 -유승민에게

그니까 청소를 해야 해서 이 밤중에 청소를 해야 해서 너에게 "결벽증"을 앓는 철학자 이야기를 시작해서 그리고 네가 잠에 빠져들기 시작해서……

"위생학"에 대한 너의 논문을 읽은 적 있다 네가 쓰고 있다는 자서전을 읽은 적 있다 네가 너의 문학 평론가가 되는 글이었다 그러나 너는 문학 작품이 아니다

네가 쓰다 만 것들이 장판을 뒤덮어서 이 더러운 집에서 내가 잠들지 못해서 "어렸을 때부터 나는 나의 모든 것을 버리지 못했습니다……" 그런 문장 속에서 넌 쓰레기다

나는 한 마리 바퀴벌레다 네가 코를 골 때 너의 잠 바깥에서 꼼지락거리는…… 네가 너의 음악을 들려줄 때도 바퀴벌레는 꼼지락거릴 뿐이다 바퀴벌레는 음악에 소질이 있는 생물인 걸까 나는 비평가를 예술에 소질이 없는 생물처럼 생각한다 난 너를 비평에 소질이 없는 생물로 생각한다 알다시피 너는 음악을 잘해서…… 넌 모르겠지만 코를 잘도 골아서…… 생각해 보면 혼자 노는 것이 좋아서

나도 늘 비평가가 되고 싶었다 생각해 보면 그런 이유로 잠
도 안 자고 이 집을 내려다보는 것이다 하지만 바퀴벌레의
시야에 글자는 자기 머리통만 해서 바퀴벌레가 너의 유년
기를 지나서 바퀴벌레가 너를 베고 누워서 이 상태로 알을
깔 수도 있어서……

　　하지만 네가 깨어나면 벌떡 일어나면 난 너의 꿈에 관
하여 물을 수밖에 없어서 하지만 생각 없이 안부 인사처럼
물었으면 비평가가 되지 않기로 했으면 내가 너의 꿈을 분
석하지 않고 궁금해하지도 않고 그냥 한 귀로 듣고 한 귀
로 흘려버렸으면 흘려버린 너의 꿈이 너를 뒤덮고 수백 마
리 바퀴벌레가 널 에워쌌으면 너라는 쓰레기를 사이좋게
먹어 치웠으면

쥐 소탕 작전 -유희경에게

그게 그 소린 줄 몰랐지
네가 이를 가는 건 줄 알았지
(나는 넌 줄 알았는데)
앞으로 얘랑 어떻게
잘까? 괜히 같이 살자 했나?
후회할 때 아
쥐
소리였구나
얼어붙고 말았지 배를 펼치고
누운 쥐의 내용 앞에서
애완동물학과가 쥐의
배를 가르고 주사를 놓고
실험하는 걸 줄은
너도 몰랐겠지 어디로 가야 할지
몰라서 보고만 있었겠지
한쪽은 쥐덫
한쪽은
치즈
벌러덩

드러누워 있었지

비상계단에 앉아 담배만 존나 피웠지

(네가 빌려 간 담배만 몇 보루는 될걸)

나 자퇴할까? 그냥 동물이 좋아서

좋아서 온 건데

익숙해졌지

강아지 공장에서 버려졌던 너희가

흔들어대는 그 꼬리가

수업재료가 되길

기다리는 너희가

빨리 수업이 끝나기만 기다리는 우리가

그런 날을 기다려 너희가 그리워지는

그때 재밌었는데 야 기억나?

네가 나 버리고 혼자 도망갔잖아

그때 기억나? 그 쥐새끼 같은

조교 망신당한 날 기억나?

같은 강의실에 앉아 있기도

싫었던 애들

기억나? 우리 즐거웠는데

그렇게 말하고 담배 한 대 피우겠지?

(끊었다면서 뭔 한 대만이야)

그땐 너도나도 쥐

한 마리 볼 수 없는 집

또 보자 말하고 각자 돌아가겠지?

지난 몇 달간 쥐는 우울증에 걸렸다

매일 쥐에게 탈출을 유도했다

절대 빠져나갈 수 없다는 사실을 깨닫고

쥐는 탈출을 시도하지 않게 되었다

이제 쥐를 치료할 차례이다

우리가 희망을 주입할 것이다

그럼 시도할 것이다

다시

또

다시

헤엄치다

벽을 오르다

떨어진 기억을

잃고 우리를

모르고

기억을 주입하자 투명한 상자 속이다

"덫이 날 빠뜨리는 중이라 해도 기쁜 마음으로 입장하겠다"

벽 앞에 서 있을 때가 많다. 뻔한 비유이기도 하고 아니 기도 하겠다. 벽 앞에 앉아 있을 때가 많다. 시를 쓸 때 그 랬고 아닐 때도 그랬다. 약력에 쓸 것을 남기지 못한 나의 20대는 막다른 길을 거듭 확인하는 시간이었다. 길을 가로 막는 벽 앞에 설 때마다 나의 힘은 항상 부족했더랬다. 이 를테면 등단과 미등단 사이의 벽이 그랬다. 그럼 나는 지금 힘을 키워 벽 하나를 뛰어넘은 걸까? 정말 기쁘지만 그렇지 않다. 죄송하지만 그러지 못했다. 감사해도 모자랄 판에 무 슨 말을 하나 싶다. 배부른 소리 말라고 혼내실 것만 같다. 하지만 내가 서 있는 이 자리에 여전히 벽이 있겠다. 오늘 밤도 벽 앞에 앉아 있겠다.

무너뜨릴 수 없는 벽을 가만히 응시하는 것. 어쩌면 시 를 쓸 때마다 그러한 실패의 확인과 응시를 반복할 뿐인지 도 모르겠다. 그래서 이 무력감을 앞으로도 이겨내지 못할 지도 모르겠다. 그래도 괜찮을까? 스스로 질문한다. 그리 고 변변찮은 대답을 내놓는다. 오늘 밤도 벽 앞에 앉아 있 는 것 외에는 달리 할 일이 없겠다.

백석의 시 '흰 바람벽이 있어'를 꺼내 읽겠다. 거기에 나의 길이 적혀 있겠다. 벽 너머에는 네가 있겠다. 그런 믿음으로 벽을 응시하겠다.

네가 있어 감사하다는 말이 영원히 부족하겠다. 사랑하는 가족과 친구들. 너라고 불러본다. 금은돌 시인과 김승일 시인. 너라고 불러본다. 심사위원 선생님들을 너라고 불러본다. 네가 있어 내가 있다는 것을 자주 상기하는 내가 되겠다. 하지만 내가 없는 곳에 네가 있음을 볼 줄 아는 내가 되겠다.

너는 지금 나를 좋은 곳으로 데려가는 중이겠지? 하지만 때로는 너를 덫이라 부르고 싶기도 하겠다. 혹여나 덫이 나를 빠트리는 중이라 해도, 기쁜 마음으로 입장하겠다.

"세대의 물음, 시대의 울림으로 다가와"

전부 그런 것은 아니나 많은 신춘문예 당선 시에 적용 가능한 불문율이 있다. 지나치게 길지 않아야 한다는 것, 욕이나 비속어를 쓰지 말아야 한다는 것, 불량하지 않아야 한다는 것 등이다. 우리가 김유수의 'take' 외 4편에 주목하게 된 것은 바로 이러한 불문율 때문인지도 모르겠다.

김유수의 시들은 길고, 욕이 나오고, 삐딱했다. 이른바 '신춘문예용' 시와는 거리가 있었다. 원고를 옆으로 미뤄 뒀다가 앞으로 당겨와 읽기를 반복했다. 정공법으로 튼튼히 지어 올렸으나 창문 하나 열어놓지 않은 콘크리트 건물처럼 갑갑한 시들 사이에서 김유수의 시는 시원했다. 펄럭였다. 종횡무진으로 움직였다. 궁금하게 했다.

마음과 생활이 바닥나서 남의 집 담장이 누울 자리로 보이는 일상의 일대를, 죽음이라는 막연한 일엔 쏟을 힘조차 없으면서도 친구가 필요하다고 중얼거리는 장례의 한복판을, 시간의 타들어 감을, 실험용 쥐가 머물던 투명한 상자와 같은 기억을 통과해 마침내 한 번도 이겨본 적 없는 결론의 발단에 도달하도록 짜인 김유수의 '몽타주'는 힘 있고 개성적이었다.

 당선작인 'take'는 '그것'이라는 대명사의 활용만으로도 한 편의 시를 넓게 확장하고 있었다. 그것의 자리에 대신 삽입할 수 있는 '그것들'을 생각할수록 "너는 왜 나처럼 쓰레기를 줍지 않는 걸까"라는 세대의 물음이 시대의 울림으로 다가왔다.

 김유수의 시와 함께 마지막까지 거론된 이영서, 최기현의 시들에 관해서도 덧붙인다. 두 분의 시 역시 각자의 개성으로 고유했다. 올해가 아니었더라면, 우리가 아니었더라면, 어떤 지면에서든 곧 만날 수 있으리라 믿음을 주는 시들이었다. 이영서의 시는 담담했다. 진술과 묘사를 차곡차곡 쌓아 올리며 인상적인 서사를 구축할 줄 알았다. 여름-새-활주로-아스팔트-옥수수-아이들로 스멀스멀 전개되는 최기현의 표제작은 팽팽한 긴장감이 매력적이었다. 시가 뉘앙스만으로도 사건의 전모를 드러낸다는 것을 알고 있다는 점이 믿음직했다. 보통 마지막까지 경합하다 낙선하게 된 작품들에는 아쉬운 소리가 따라붙기 마련이지만 적지 않았다. 다만 이번에 우리는 '시의 홀가분함'에 한 발짝 더 다가서기로 했다는 것을 밝힌다.

더 많은 독자가 김유수의 시들을 만날 수 있게 되리라는 기대에 기쁨을 느낀다. 어느 지면에선가 김유수의 '담장과 바닥'을, '친구 없는 삶'을, '쥐 소탕 작전'을, '결론이 구려서'를 만나게 된다면 우정 어린 마음으로 읽어주시길 바란다. 신춘문예의 불문율로 시작했으니, 다시 그것과 관련된 말로 끝맺으려 한다. 시인은 "자리나 잡자고 이 거리의 쏟아짐을 목격하는 자가 아니다."

심사위원_이수명·김현(대표 집필)·박상수 시인

2024
신춘문예
당선시집

시조

어시장을 펼치다

강성재

1961년 전남 여수 출생
광주대 경찰법행정학과 졸업
광주대 대학원 문예창작학과 박사과정 수료
2017년 『지용신인문학상』 시 당선
2024년 『서울신문 신춘문예』 시조 부문 당선

happy2000-com@hanmail.net

어시장을 펼치다

초승달 어둑새벽 선잠 깬 종소리에
경매사 손짓 따라 어시장이 춤을 추고
모닥불 지핀 계절은
동백꽃을 피운다

항구엔 수유하는 어선들의 배냇잠
활어판 퍼덕이는 무지갯빛 물보라
물메기 앉은자리 곁
삼식이도 웃는다

눈뜨는 붉은 해 동녘 하늘 헤엄치고
활강하는 갈매기 떼 생사의 먹이 다툼
금비늘 남해 바다엔
파도가 물결친다

자자자, 떨이를 외치는 어시장 안
손수레 바퀴가 풀고 가는 길을 따라
햇살도 날개 펼치며
오금 무릎 세운다

마스크

문이었나 입 가리자 나오는 말이 없다
어떤 이 웃고 오고 어떤 이 울고 가던
손으로 그리운 얼굴 만져볼 수도 없다

유래 없는 팬데믹 울리는 경보 속에
더 이상 재고 없다 약국 문도 입을 닫고
요양원 들어간 엄마 눈물 강이 흐른다

물결치는 인파 속을 빠르게 걷는 걸음
2m 떨어진 간극은 만리로 멀어져 가
보고파 찍은 사진을 카톡으로 보낸다

경극인가 수시로 바꿔 쓰는 마스크
낯익은 얼굴조차 사라진 무대 위에
주연의 눈빛을 담아 새 날을 열어본다

자벌레의 꿈

우화로 날아오를 마지막 꿈 있기에
여벌 옷 한 벌 없이 기어서 가는 길엔
한생을 엎드려 왔어도
절망은 없는 거다

뒷발로 일어서서 허공을 더듬다가
앞발을 딛고 나면 한 뼘을 늘여가도
한 자를 놓쳐본 적도
거짓도 없는 거다

산과 들에 몸 눕혀 낙엽 덮는 노숙의 길
봄 햇살로 실을 뽑아 그물망 집을 짓고
날개에 별이 돋우면
밤하늘을 나는 거다

삶 다하는 날까지…
물보라 치는 싱싱한 시조 쓸 것

당선 전화를 받은 날은 정년퇴직 후 어렵게 재취업한 국가산업단지의 어느 일터에서 온몸을 바쳐 일하다가 조금 여유가 생긴 날이었습니다. 제가 서 있었던 길 가장자리 공터엔 자라는 나무는 없었지만, 겨울 속 봄인 듯 민들레도 있었고 한 무더기 토끼풀 군락도 파릇하였습니다. 꽃송이를 몇 개씩 달고 피어나 있는 것이 경이롭기도 하였습니다. 그러나 주말이면 한파가 밀려온다는 예보가 있었기에 생명 있는 풀꽃의 운명이 안쓰럽기도 하였습니다. 저는 꽃을 더 보기 위해 허리를 숙였고 얼굴도 가까이 가져갔습니다. 그때 군락의 한가운데서 네 잎 클로버가 제 눈을 바라보고 있다는 것을 알아챘습니다. 일부러 찾고자 했던 것이 아니었기에 좋은 일이 있으려나 싶어 사진으로 담아 두었습니다.

몇 시간 뒤 제게 기적처럼 당선 소식이 휴대전화로 날아왔습니다. 언제나 낮은 곳에 몸을 두고 푸른 하늘을 꿈꾸며 열심히 살아왔지만 저의 꿈은 항상 늦게 이루어졌습니다. 젊은 날엔 동인 활동을 하며 무작정 문학의 강가를 서성였고 서른 즈음 신춘문예 시 부문 최종심에도 올랐었습니다만 닿을 듯 닿지 않는 신기루 같았던 당선 소식은 아득히 멀어졌습니다. 그 기억의 강조차 흘러내려 바닷속으로 사라져 갈 때쯤 만학도의 길을 걸었습니다. 지난 5년간 절치부심 시조 쓰기에 매진했고 4전 5기 끝에 마침내 여기에 도달했습니다.

박사과정 지도 교수셨던 김중일 교수님 그리고 이기호·조형래·안점옥 교수님 감사합니다. 문학이라는 수행의 길에서 도반이자 항상 그 열정을 닮고 싶었던 김성신 시인, 함께 강의실에서 공부했던 원우들, 저를 아는 모든 분께 당선 소감으로 안부를 전합니다. 이근배·서연정 심사위원께도 생이 다하는 날까지 물보라 치는 싱싱한 시조를 열심히 쓰고 더 깊어지겠다는 약속을 하며 신년 세배 올립니다.

다양하고 압축된 삶의 층계,
감각적 표현으로 끌어내

 응모작을 살피면서 작품 수준이 예년보다 고르게 향상된 느낌을 받았다. 기후위기, 요양원, 고독사 등 사회문제나 종교적 인식, 인생 성찰, 고향이나 혈연 등에서 끌어낸 원초적 그리움, 예술품에서 받은 감동 등 소재도 다양했다. 시조에 대한 이해, 참신한 시적 발상, 개성적인 형상화, 주제 의식을 끝까지 밀고 들어가는 힘 등을 심사 기준으로 세웠다. 부실한 한 수로 완성도가 무너진 작품, 개인적 감상에 빠진 작품, 상투적 표현에 머문 작품 등을 먼저 내려놓았다. 그런 작품들은 삶의 고난을 너무 쉽게 이겨내고 깨달음에 안주하고 있어서 무난히 읽히지만 관념적 서술로 삶의 실질적 모습이 덜 드러났다.

 '봄을 할인하다'는 벚나무, 꽃받침, 꽃 마트, 꽃구름, 벌나비, 꽃잎들 등 꽃으로만 치우친 봄 풍경이 삶의 실상을 과연 어느 만큼 담아내고 있는지 의아심이 일었다. '동백꽃을 복사하다'는 '윤슬 오래 헤아려 밀려오는 꿈결처럼', '오랫동안 욱신댄 앙가슴이 고요해' 지기까지 진통의 실상이 관념으로 일관돼 이미지화가 미흡했다. '꿀벌 실종 사건'은 생태환경 위기에 울리는 경종을 시적 메시지로 전환하는 데 공을 좀 더 들였더라면 좋았겠다. '담쟁이의 말'은 '높고 넓은 담벼락을 기어오르는 중년 사내'의 삶을 담쟁이로 형상화하는 숙련된 필치를 보였는데 뭔가 절실한 '담쟁이의 말'이 끝내 들리지 않은 채 마무리됐다.

당선작 '어시장을 펼치다'는 죽은 고기도 있고 산 고기도 있는 어시장이라는 다양한 삶의 층계 속에서 시를 끌어냈다. 경매사의 손짓에 따라 바쁘게 주고받는 삶의 장이 네 수 속에 잘 녹아 있다. '모닥불 지핀 계절', 매서운 추위 속에서도 새벽 활기는 동백꽃을 피우고 '퍼덕이는 무지갯빛 물보라'를 일으키는가 하면, '물메기 앉은자리 곁/ 삼식이도 웃는다'에 이르러선 어시장으로 압축된 삶의 터전에 애틋함이 담긴다. '활강하는 갈매기 떼 생사의 먹이다툼'이 일어나는 삶의 현장을 관념적 서술에 빠지지 않고 감각적 표현으로 그리는 힘이 탁월하다. 당선을 축하하며 좋은 시인으로 우뚝 서기를 바란다.

심사위원_이근배·서연정

스마일 점퍼

조우리

1983년 전남 여수 출생
2008년 『전남일보 신춘문예』 시 부문 당선
2024년 『조선일보 신춘문예』 시조 부문 당선

chowuri@hanmail.net

스마일 점퍼°

눈꺼풀 위로 쌓인 생애의 나지막이
그림자 당기면서 저 혼자 저무는 때
대머리 독수리처럼 감독만이 너머였다

녹말가루 풀어지듯 온몸을 치울 때까지
일 년에 쓰는 시가 몇 편이 되겠는가
평생을 바치는 것은 무엇쯤이 되던가

제 높이 확인하고 저려오는 가슴처럼
꽃봉오리 깊은 곳에 진심이 울었겠지
끝없이 닿는 중인데 그 끝 간 데 넘는 사람

죽었던 문장마저 혀끝으로 몰고 가서
흥건히 마른 허공 핥아 보던 나무의 피
돌이켜 떨어지는 순간 칸타빌레 붉디붉다

° 스마일 점퍼: 육상 높이뛰기 우상혁 선수

시장 백반

남는 장사 아니라고 투정도 없으셨다
시장의 민심이란 시래기 국물 같은 것
바닥들 불러 모셔서 상을 주는 아침 밥상

제일 좋은 쌀을 안쳐 계란을 얹어주는
밑반찬 서러운 삶 그 끈한 끈끈이를
세상의 제일 좋은 나라 목민심서 귀하다

웃돈도 받지 않는 손등을 내보이며
지상의 갸륵한 맘 그 세월 나눠주듯
손 불고 언 발 울어도 생선구이 덤이다

가끔은 이 지구가 김 서린 백반 같다
새벽부터 마중 나온 시장 사람 애환 같은
오일장 발령을 받은 배춧잎 같은 수화

터미널

대합실 의자 칸에 부녀가 앉아있다
저녁녘 연착되는 그 시간 발목만큼
어딘가 마음을 누른 몇 마디의 심금들

"살 만큼 살았기에 죽음이 두렵진 않아
부르면 대답하는 시절이 있었을 뿐
이 세상 눈 같은 사람들 헤어지는 게 서러울 뿐"

"진시황 불로장생 그 꿈도 있었지만
아버진 아직까지 너에게 한이 있어
그랬지, 너 시집갈 때 네가 벌어 갔었지……"

"차 운전 내다볼 때 끼어들기 조심해라
나는 꼭 너에게 다 물려주고 갈 끼다
버스가 안 왔을 게야"
"제가 보고 올게요"

주마등처럼 스쳐가는 9년
소중한 선물 받은 듯 울컥

조금 멀리 왔을 뿐인데 덜컥, 소중한 선물을 받은 것 같아 가슴이 저립니다. 9년이라는 응모 기간의 주마등이 스칩니다. 떨어질 때마다 또다시 글을 쓰게 만드는 무언의 지표가 마음속에 있었고, 마침내 그것이 물보라를 만들어 제게는 무엇보다 좋은 스승이 되어주었습니다.

고등학교 시절 처음 시조를 접하게 되었습니다. 지역 백일장에 참가하기 위해 먼 길에 올랐던 학생을 미쁘게 보시고, 그날 선생님은 제게 시조집 보따리와 돌아갈 차비를 건네주시며 시조를 오래 간직하란 듯 큰 은혜를 베풀어주셨습니다. 집으로 돌아가는 버스 안에서 그 사랑의 마음에 내내 속으로 울었습니다. 이후에도 메일을 주고받으며 좋은 시조 작품과 함께 당신이 쓰신 작품들을 보내주시어, 우리 얼의 소중함을 일깨워 주셨던 분이십니다. 생활이 어려울 때도 도움을 아끼지 않으셨던 어머니 같은 분이셨습니다. 어쩌면 시조보다 시조를 쓰시는 시인의 마음을 더욱 아끼고 동경하였던 그때, 그분의 마음이 지금도 제 곁에 많은 귀감으로 남아 있습니다. 많이 늦었지만 마산에 계신 선생님께 이 영광을 돌리고 싶습니다.

　또한, 시조 문예지를 발간하셨던 이지엽 교수님께 고교 시절의 따스한 사랑 참 감사하다고 전하고 싶습니다. 세상에 길을 잃고 헤맬 때 그 처음 자리에 선생님의 올곧은 시조 정신과 사랑이 지금까지 저에게 큰 힘이 되어주었습니다. 그리고 곽재구, 이정록, 유종인, 윤한로 선생님 늘 미안하고 사랑합니다. 정영주 선생님 기도해 주셔서 감사합니다. 강회진 선생님 행복하세요. 권갑하, 염창권, 문주환 선생님 감사합니다. 부족한 작품을 선정해 주신 정수자 심사위원님께 뜻깊은 인사를 남기게 되어 영광입니다. 그리고 머리 숙여 감사드립니다. 시조의 길에서 더욱 정진하겠습니다. 윤호야, 기쁨아 사랑한다, 끝까지 행복하고 건강하기를! 동훈서점 지킴이 서훈 선배 흥하기를, 시록이 아빠 정환 선배, 하림이, 영세 참 고맙습니다. 기민, 다빈, 세환, 민정, 혜진, 정원, 희정을 비롯한 마음 따뜻한 후배님들 감사합니다. 승채에게 새로운 기쁨이 임하기를! 마지막으로 할머님을 비롯한 사랑하는 아버지, 심장병이 있어도 마음으로 품어주시고 따뜻하게 길러주신 어머니, 동생 내외와 조카 나아, 친인척분들에게 깊은 고마움 전합니다.

빼어난 우리시의 자부심으로 세계화에 박차를 이루는 선배 시조 시인들의 모습을 보며, 그에 어울리는 시조를 쓰는 게 제 인생 목표가 되었습니다. 단 한 편의 소중한 시조 작품을 남기기 위해 더욱 정진하고 싶습니다.

빚어, 아름다운 사랑을 할 때까지 최선을 다해 노력하겠습니다.

청춘들이 뚫고 가는 현실, 생의 대목… 밀도 있고 절묘하게 포착

각자도생이 절실한 시절이다. 응모작에도 각고의 시간을 건너 살아남은 말들로 빚어낸 발화가 많이 보였다. 자기 앞의 현실을 헤쳐 가는 시적 도생들을 곰곰 읽으며 시조의 신춘을 열어젖힐 작품을 가려봤다.

끝까지 겨룬 응모작은 '로댕의 손' '버거' '데칼코마니' '조우' '마법상점' '스마일 점퍼' 등이었다. '로댕의 손' '버거' '데칼코마니' 등은 발랄하고 활달한 상상력을 정형에 조화롭게 녹여 담는 신선한 시적 언술을 보여줬다. '조우' '마법상점' 등은 당면한 현실의 문제들을 안정감 있게 갈무리하는 형식 운용이 듬직했다. '스마일 점퍼'는 이들을 아우르는 시적 언술과 정형의 넓은 보폭 등의 면에서 두드러졌다. 동봉 작품들에서 펼쳐 보이는 다양한 상상력의 개진도 이후를 기다리게 한다는 점에서 당선작으로 올린다.

'스마일 점퍼'는 이 시대 청춘들이 뚫고 가는 현실의 난도 같은 것들을 포착하는 밀도와 내성이 단단한 작품이다. 높이뛰기의 두려움인 '높이'와 글쓰기의 어려움인 '깊이'를 교차하고 중첩하며 '끝없이 닿는 중'인 생의 대목들을 절묘하게 잡아냈다. '끝 간 데'까지 넘는 최고라도 그것을 다시 넘어야 사는 높이뛰기나 '죽었던 문장을 혀끝으로 몰고 가'야 하는 글쓰기나, 각자 삶에서의 도생임을 충실히 새기고 있다. 진술 과잉으로 비친 이전의 쓰기에서 압축과 비유 등으로 깊이를 파고든 숙련의 시간이 짚인다. 이후도 '평생을 바치는 것' 그 너머의 '너머'를 향해 시조의 이름으로 계속 나아가기를 바란다.

　조우리씨에게 축하와 기대를 모아 보낸다. 다시금 응모작 준비에 들어서는 도전자들의 높이뛰기에도 바람을 얹는다.

심사위원_정수자 시조시인

시 : 맹재범 엄지인 박동주 한백양 강지수
김해인 이실비 추성은 김유수

시조 : 강성재 조우리

2024
신춘문예 당선시집

초판 1쇄 인쇄 2024년 1월 10일
초판 4쇄 발행 2024년 11월 10일

지은이 맹재범 외
펴낸이 김정동
편집 김승현
디자인 최진영
홍보 김혜자
마케팅 최관호

펴낸 곳 도서출판 문학마을 (공급처 서교출판사)
주소 서울시 중구 충무로 49-1 죽전빌딩 201호
전화 02 3142 1471(대)
팩스 02 6499 1471
이메일 seokyobook@gmail.com
블로그 http://blog.naver.com/seokyobooks
홈페이지 http://seokyobook.com
페이스북 @seokyobooks ㅣ **인스타그램** @seokyobooks
ISBN 978-89-85392-01-3 03810

문학마을은 독자 여러분의 투고를 기다리고 있습니다. 시, 소설, 에세이 등 관련원고가 있으신 분은
seokyobook@gmail.com으로 간략한 개요와 취지 등을 보내주세요. 출판의 길이 열립니다.